LA MAISON ABANDONNÉE

DANS LA MÊME COLLECTION

Rosamunde Pilcher

LA MAISON ABANDONNÉE

Roman

PRESSES DE LA CITÉ

Laurédit.inc.

Titre original : *The Empty House*
Traduit par Jacqueline Susini

© Rosamunde Pilcher, 1973
© Presses de la Cité, 1995, pour la traduction française
ISBN 2-258-00191-9

1

Venant du nord, la brise marine rafraîchissait l'air estival chargé d'une odeur de foin. Il était trois heures de l'après-midi, un lundi de juillet, ensoleillé et chaud. Du sommet de la colline où montait une route sinueuse, et jusqu'aux lointaines falaises, au-delà du promontoire de Carn Edvor, champs et pâturages bordés de genêts, parfois encombrés d'amas de granit, s'étendaient comme un édredon de patchwork. Virginia avait envie d'aller caresser le velours émeraude des prés, le satin d'or des meules de foin fraîchement coupé, la fourrure rousse du maïs qui attendait la moisson.

Le calme le plus parfait semblait régner. Mais, quand Virginia ferma les yeux, les bruits de l'après-midi d'été s'imposèrent, un par un. Au doux murmure du vent dans les fougères, au bourdonnement des moissonneuses-batteuses, s'ajouta bientôt le ronflement d'un moteur. Virginia rouvrit les yeux mais oublia la voiture qui avait quitté Porthkerris pour prendre la route de la colline et compta les moissonneuses-batteuses. Elle en vit trois, réduites par la distance à la taille de jouets, et du même rouge écarlate que les véhicules miniatures de son fils Nicholas.

La voiture qui s'était lancée à l'assaut de la colline apparut sur la ligne de crête. Conduisant lentement, le chauffeur, comme les passagers, admirait le paysage. Visages rougis par le soleil, lunettes miroitantes, bras nus, ils donnaient une impression de gaieté pleine d'humanité. A l'arrière, une femme regarda dans la direction de Virginia. L'espace d'une seconde, leurs regards se rencontrèrent, puis le véhicule prit un nouveau virage en direction de Land's End.

Virginia jeta un coup d'œil à sa montre, constata qu'il était trois heures et quart, soupira, se leva, enleva sur son jean blanc les traces d'herbe poussiéreuse et de fougère, et rejoignit sa voiture parquée sur le bas-côté de la route. Le siège de cuir était brûlant. Elle fit demi-tour pour redescendre vers Porthkerris, en pensant à ses enfants, Cara et Nicholas. Les images de leur vie londonienne se bousculèrent dans son esprit. Elle les vit enfermés dans leur chambre, en promenade dans le parc de Kensington avec leur nurse, au zoo, au musée du Costume ou au cinéma avec leur grand-mère. Londres devait être étouffant. Elle se demanda si l'on avait coupé les cheveux de Nicholas, puis si elle allait lui acheter une moissonneuse-batteuse et la lui envoyer, accompagnée d'un commentaire dicté par une attention toute maternelle :

« J'ai vu aujourd'hui trois de ces machines dans les champs de Lanyon, et j'ai pensé que tu aimerais sans doute avoir un modèle réduit qui te permettrait de comprendre leur fonctionnement. »

En vrai petit mâle, Nicholas demanderait à lady Keile, sa grand-mère, de lire ces mots au lieu de prendre la peine de déchiffrer l'écriture de sa mère. Pourquoi se compliquer la vie ? Mais Virginia ne s'attarda pas sur ce détail. Elle songea plutôt à l'autre lettre qu'elle aurait pu écrire, en laissant parler son cœur :

« Mon cher enfant, tu es avec Cara ma seule raison de vivre. J'ai fait une promenade en voiture parce que je suis désœuvrée. J'ai retrouvé des endroits que je connaissais, et j'ai essayé de deviner le visage des moissonneurs dont les machines lient si bien les balles de foin. »

Sur sept kilomètres de côte, comme les pierres brutes d'un collier sans fin, s'égrenaient les vieilles fermes, avec leurs granges et leurs dépendances, si bien que l'on discernait difficilement les limites du domaine de *Penfolda*. Quant à l'identité de ceux qui s'activaient sur les machines ou derrière elles, il était impossible de la deviner à une telle distance.

9

Virginia se dit que l'homme auquel elle pensait ne vivait peut-être même plus à *Penfolda*, quoiqu'elle l'imaginât mal ailleurs. Laissant vagabonder son imagination elle visualisa clairement la scène et elle le vit, au volant de sa moissonneuse-batteuse, les manches relevées sur ses bras tannés, le vent dans les cheveux. Mais, soudain, comme intimidée par ce rapprochement imaginaire, elle s'empressa de le doter d'une femme, d'une épouse venant vers lui à travers les champs, jambes nues, en robe de coton rose et tablier bleu, portant dans un panier un thermos de thé et peut-être un cake aux fruits.

Mme Stanley Philips. M. et Mme Stanley Philips de *Penfolda*.

La voiture passa sur l'autre flanc de la colline d'où l'on voyait de lointains promontoires, des plages blanches, et l'anse bleue de Porthkerris aux maisons regroupées autour de l'église normande.

Wheal House, la propriété des Lingard, amis de Virginia, chez qui elle était descendue, se trouvait de l'autre côté de la ville. Un nouveau venu se serait engouffré dans la rue principale et aurait goûté aux joies d'une circulation ralentie par les hordes de touristes. Ils débordaient des trottoirs, stationnaient à des endroits stratégiques, prenaient le temps de choisir une carte postale ou collaient leur nez aux devantures des magasins de souvenirs, pleines de poissons en bronze ou de sirènes en poterie, tout en suçant une glace.

En visiteuse avertie, Virginia emprunta, bien avant les premières maisons, l'étroit chemin qui serpentait à flanc de colline aux approches de Porthkerris. A défaut d'être un raccourci, il avait le mérite de déboucher sur la rue principale, à moins de cinquante mètres de *Wheal House*, entre deux haies de rhododendrons sauvages.

Au-delà du portail de bois blanc, l'allée de terre était bordée de pommiers en fleur. Néo-géorgienne, dotée de proportions harmonieuses et d'un joli fronton, la maison s'élevait derrière de vastes pelouses et des parterres de giroflées parfumées. Tandis que Virginia garait la voiture à l'ombre de *Wheal House*, Dora, la vieille épagneule d'Alice Lingard, aboya frénétiquement avant même de sortir du hall où elle s'était réfugiée en quête de fraîcheur.

Virginia caressa la chienne, puis entra dans la maison en retirant ses lunettes de soleil devant l'obscurité provoquée par la transition brutale.

De l'autre côté du hall, la porte était ouverte sur le patio, refuge préféré d'Alice tant que la température restait suffisamment clémente pour y séjourner. Ce jour-là, en raison de la chaleur, elle s'était abritée sous les canisses dont les ombres zébraient les chaises longues aux couleurs vives et les tables basses où le thé attendait d'être servi.

Sur une autre table, au milieu du hall, Virginia trouva deux lettres qui lui étaient adressées. Elle posa son sac et ses lunettes avant de les prendre. L'une venait de lady Keile et l'autre de Cara qui s'était appliquée à écrire en script, comme on le lui avait appris à l'école. Virginia s'émut devant la chère petite écriture qu'elle n'avait aucune peine à reconnaître et qui ne comportait nulle erreur.

« Madame A. Keile,
aux bons soins de madame Lingard,
Wheal House,
Porthkerris, Cornouailles. »

Virginia se demanda si Cara s'était débrouillée seule, sans l'intervention de la nurse. Puis, les lettres à la main, elle rejoignit Alice. Installée avec grâce dans sa chaise longue, elle était en train de coudre une cordelette de soie autour d'une housse de coussin en velours corail, posé sur ses genoux.

Alice leva les yeux de son ouvrage.

— Ah, te voilà ! Je me demandais ce que tu faisais. Je craignais que tu ne sois prise dans les embouteillages.

Grande et brune, approchant de la quarantaine, Alice Lingard était une femme solidement charpentée mais aux membres longs et minces. Virginia la considérait comme une amie entre deux âges, en ce sens qu'elle appartenait à la génération inter-médiaire entre celle de sa mère et la sienne. En fait, amie de longue date de la famille, Alice avait même été, au mariage de la mère de Virginia, l'une de ses petites demoiselles d'honneur.

Plus tard, Alice s'était mariée à son tour. Depuis dix-huit ans, elle était l'épouse de Tom Lingard qui avait repris l'entreprise familiale pour faire de cette petite fabrique de machinerie lourde, implantée dans la ville voisine de Fourbourne, une usine prospère. Une série de rachats fructueux lui avait permis d'étendre son influence de Bristol à Saint Just. Tom Lingard possédait désormais des intérêts dans les mines de la région, et un petit commerce de fournitures pour bateaux et de machines agri-coles.

Sans enfant, Alice s'était consacrée à sa maison et à son jardin. Au fil des années, elle avait réussi à transformer une propriété banale en un lieu enchanteur dont le jardin servait de référence aux magazines de luxe. Lorsque, dix ans plus tôt, Virginia était venue avec sa mère passer les vacances de Pâques chez les Lingard, Alice venait tout juste d'entreprendre ses travaux. Maintenant, *Wheal House* était méconnaissable. Virginia avait remar-qué les changements subtils : les lignes droites devenues incurvées, les séparations supprimées comme par enchantement. Des arbres avaient poussé et jetaient de longues ombres sur l'herbe des pelouses qui semblaient s'étendre à l'infini. Le vieux verger était devenu un jardin aux charmes très anglais, un charmant fouillis de rosiers aux fleurs odorantes et, à la place des haricots à rames et des framboisiers, poussaient désormais des magnolias aux pétales laiteux, mêlés à des azalées plus hautes qu'un homme.

Mais la plus grande réussite d'Alice c'était le patio, mi-living mi-jardin. Des géraniums cascadaient hors de leurs jardinières. Sur un mur treillissé grimpaient une clématite pourpre et la vigne pour laquelle Alice ne cessait de demander conseil et de feuilleter les livres spécialisés. Elle semblait dotée d'une inépuisable énergie.

Virginia prit une chaise et s'y laissa tomber, surprise de se sentir si fatiguée et accablée par la chaleur. Se débarrassant de ses sandales, elle mit ses pieds sur le premier tabouret qu'elle trouva près d'elle.

— Je ne suis pas allée à Porthkerris, annonça-t-elle.

— Non ? Mais je croyais que tu devais te rendre à la poste...

— Je voulais seulement quelques timbres. Je les achèterai une autre fois. Il y avait trop de bus et trop de monde. Toute cette foule en sueur m'a rendue claustrophobe. Je n'ai pas pu m'arrêter.

— Je peux te donner des timbres... Laisse-moi te servir une tasse de thé.

14

Alice abandonna son coussin et se redressa pour prendre la théière. Dans la tasse de fine porcelaine, le thé fuma, parfumé et déjà rafraîchissant.

— Lait ou citron ?

— Avec du citron, ce devrait être délicieux.

— Ce sera plus frais, par cette chaleur...

Alice tendit la tasse à Virginia puis se radossa à sa chaise longue en demandant :

— Où es-tu allée finalement ?

— Oh... de l'autre côté...

— A Land's End ?

— Pas aussi loin. Seulement jusqu'à Lanyon. Je suis un peu montée sur la colline, je me suis assise parmi les fougères et j'ai contemplé le paysage.

Alice reprit sa couture.

— Je te comprends. C'est si beau !

— La fenaison a commencé.

— C'est la saison.

— Rien n'a changé à Lanyon, n'est-ce pas ? Ce sont toujours les mêmes maisons, les mêmes rues et les mêmes boutiques. Et il n'y a toujours pas de parking pour les caravanes.

Virginia avala une gorgée de thé brûlant, puis posa doucement la tasse et sa soucoupe sur le sol pavé à côté de sa chaise.

— Alice, est-ce que Stanley Philips vit encore à *Penfolda* ?

Cessant de coudre, Alice retira ses lunettes noires et regarda Virginia avec étonnement.

— Que sais-tu de Stanley Philips ? Comment le connais-tu ?

— Tu n'as pas très bonne mémoire, Alice ! C'est toi — toi et Tom — qui m'as emmenée là-bas, à l'occasion d'un barbecue sur les falaises de *Penfolda*. Je ne sais plus qui l'avait organisé. Il y avait au moins trente personnes. On a fait griller des saucisses et bu de la bière tirée au tonneau. A la fin, Mme Philips nous a offert le thé dans sa cuisine. Oh, tu dois te souvenir de ça !

— Maintenant que tu m'en parles, oui, en effet. La soirée était glaciale mais très belle. On a regardé la lune se lever sur Boscovey Head. Mais qui avait organisé ce barbecue ? Certainement pas Stanley, toujours trop occupé à traire les vaches... Ce devait être les Barnet. Lui était sculpteur et avait loué un studio à Porthkerris. Il y est resté deux ou trois ans avant de retourner à Londres. Sa femme faisait des paniers tressés ou des ceintures, je ne sais plus. Ils vivaient d'une façon un peu bohème, avec une kyrielle d'enfants qui ne portaient jamais de chaussures. Leurs soirées étaient toujours très originales. Oh, oui, c'était certainement eux... Je les avais presque oubliés. C'est drôle ! Mais, effectivement, nous sommes tous allés à *Penfolda*... Enfin...

La mémoire d'Alice vacilla.

— Nous y sommes vraiment allés ?

— Oui. A l'exception de maman qui nous a déclaré qu'elle n'était pas faite pour ce genre de soirée.

— Elle avait parfaitement raison.

— Mais toi, Tom et moi, nous y sommes allés.

— Je m'en souviens, maintenant. Nous nous étions emmitouflés dans nos pulls. Nous avions mis plusieurs paires de chaussettes. Je me demande même si je ne portais pas un manteau de fourrure. Mais nous parlions de Stanley. Quel âge avais-tu, Virginia ? Dix-sept ans ? C'est curieux que tu te souviennes de Stanley après toutes ces années.

— Tu n'as pas répondu à ma question. Est-il toujours à *Penfolda* ?

— La ferme appartenait déjà, si je ne me trompe, à son arrière-grand-père. Crois-tu vraiment qu'il ait pu abandonner un tel héritage ?

— Non. Je ne le pense pas. Simplement, quand j'ai vu les moissonneuses-batteuses, je me suis demandé qui les conduisait. Il t'arrive de le rencontrer ?

— Rarement. Pas parce qu'il nous déplaît. Mais parce qu'il a beaucoup de travail et Tom aussi, de son côté. Leurs chemins ne se croisent pas souvent. Sauf, parfois, à la chasse ou à une réunion municipale.

Virginia se pencha vers sa tasse de thé, la reprit avec la soucoupe et fixa son regard sur la rose qui la décorait.

— Il est marié.

— On dirait que tu en es certaine.

— Je me trompe ?

— Oui. Il ne s'est pas marié. Dieu seul sait pourquoi. Je l'ai toujours trouvé très séduisant dans le genre « Amant de lady Chatterley », le bronzage en plus. Bien des femmes à Lanyon ont dû se consumer d'amour pour lui. Il leur a résisté. Il doit aimer la solitude.

Silhouette rapidement esquissée, la femme de Stanley disparut tout aussi prestement, spectre réduit en poussière par le vent froid de la réalité. A sa place, Virginia imagina la cuisine de *Penfolda*, triste et mal entretenue, la table chargée des restes du dernier repas, l'évier débordant de vaisselle sale, un cendrier rempli de mégots.

— Qui s'occupe de la maison ?

— Je l'ignore. Sa mère est morte il y a quelques années. Je ne sais pas comment il vit. Il peut avoir une gouvernante séduisante ou... une maîtresse qui lui fait le ménage. Vraiment, je n'ai aucune idée précise.

Le ton d'Alice impliquait un désintérêt total. La cordelette de soie ornait maintenant le coussin. Elle fit quelques points supplémentaires pour fixer le fil, puis elle le cassa d'un petit coup sec.

— Voilà. C'est terminé. C'est une merveilleuse couleur, non ? Mais il fait trop chaud pour coudre.

18

Posant le coussin à côté d'elle, sur une table basse, elle s'exclama :

— Oh, il faut que je commence à penser au dîner ! Que dirais-tu à une délicieuse langouste, toute fraîche ?

— Je dirais : « Ravie de vous voir. »

Alice se leva.

— Tu as trouvé tes lettres ?

— Je les ai avec moi. Regarde.

Alice souleva le plateau du thé.

— Je te laisse les lire en paix.

Gardant le meilleur pour la fin, Virginia ouvrit d'abord la lettre de sa belle-mère. L'enveloppe mariait deux nuances de bleu : clair à l'extérieur, marine à l'intérieur. Le papier à lettres était épais et portait en en-tête l'adresse de lady Keile qu'elle avait voulue noire et en relief :

32 Welton Gardens, S.W. 8.

Ma chère Virginia,

J'espère que vous profitez de ce temps magnifique, véritable vague de chaleur qui nous a valu 35° hier. Je vous imagine nageant dans la piscine d'Alice. Quel plaisir vous devez éprouver de ne pas être obligée d'aller jusqu'à la plage chaque fois que vous avez envie de nager. Les enfants vont très bien et vous embrassent. La nurse les emmène chaque jour à Kensington. Ils emportent leur goûter avec eux. Ce matin, j'ai conduit Cara chez Harrods. Elle grandit si vite qu'elle n'avait plus de robes à sa taille. Je lui en ai acheté une bleue, à fleurs, et une autre, rose avec des smocks. Je pense qu'elles vous plairont. Demain, ils vont prendre le thé chez les Manning-Preston. Les deux nurses vont être heureuses de bavarder un peu, et Cara pourra jouer avec Susan qui n'est pas encore trop âgée pour elle. Ce serait bien qu'elles deviennent amies. Mes amitiés à Alice. Prévenez-moi quand vous aurez l'intention de revenir à Londres. Mais ne soyez pas inquiète. Nous nous débrouillons très bien. Poursuivez vos vacances. Vous les avez bien méritées.

Affectueusement,
Dorothea Keile

En proie à des émotions contradictoires, Virginia lut la lettre deux fois. Il lui semblait que toutes ces phrases bien tournées, soigneusement écrites étaient à double sens. Elle vit ses enfants dans le parc à l'herbe jaunie par la chaleur, foulée par trop de visiteurs, polluée par les chiens. Elle vit le ciel de Londres blanchi par l'ardeur du soleil, et une petite fille obligée de revêtir des robes qu'elle n'aimait pas, qu'elle n'avait pas voulues mais que la politesse l'empêchait de refuser. Elle connaissait la grande maison des Manning-Preston avec ce jardin où Mme Manning-Preston donnait ses célèbres cocktails et où Cara et Susan iraient jouer pendant que les nurses parleraient de tricot ou des soucis que causerait Nicholas quand il serait plus grand.

Elle vit Cara, intimidée et muette devant le mépris de Susan Manning-Preston qui la trouvait plutôt gourde avec ses lunettes.

Et puis que signifiait ce : « Nous nous débrouillons très bien » ? Rien n'était plus ambigu. Lady Keile parlait-elle d'elle-même et de la nurse sans tenir compte des enfants ? Laissaient-elles Cara dormir avec le vieil ours en peluche que Mme Briggs, la nurse, jugeait peu hygiénique ? Se rappelaient-elles que Nicholas avait besoin de garder une lampe allumée afin qu'il pût aller seul aux toilettes au milieu de la nuit ? Les enfants étaient-ils autorisés de temps en temps à se livrer au fond du jardin à ces jeux secrets et dérisoires qui ne demandaient qu'une noix ou une feuille pour libérer les étonnants trésors d'imagination que contenaient leurs petites cervelles pleines d'astuces ? Leur accordait-on parfois le droit d'échapper à l'organisation, à l'ordre, à la stricte propreté ?

Virginia constata que ses mains tremblaient. C'était stupide de se mettre dans un état pareil. Mme Briggs s'occupait des enfants depuis leur naissance. Elle les connaissait parfaitement bien et savait mieux que personne apaiser les brusques colères de Nicholas.

A ce propos, que signifiaient de telles rages chez un enfant de six ans ? Quelle frustration trahissaient-elles ?

Virginia laissa la question en suspens. Elle pensa à Cara. La nurse était gentille avec elle. Elle lui confectionnait des poupées de chiffon et tricotait des pulls et des écharpes pour ses ours en peluche. Elle permettait également à Cara d'emporter le landau de sa poupée à Kensington. (Mais lui lisait-elle ses livres préférés ?) Aimait-elle réellement les enfants ou considérait-elle simplement qu'ils lui appartenaient, comme un outil de travail peut nous appartenir ?

Pour Virginia, toutes ces questions étaient devenues familières et s'imposaient à elle de plus en plus fréquemment. Mais elles restaient sans réponse. Se dérobant devant un problème essentiel, Virginia étouffait son anxiété sous des prétextes fallacieux. Elle invoquait un manque de temps pour réfléchir ou une trop grande fatigue, tout en se persuadant qu'il serait temps d'agir quand Nicholas entrerait à la grande école. Elle annoncerait alors qu'elle n'avait plus besoin de Mme Briggs. Elle lui expliquerait que d'autres bébés attendaient ses soins. Mais, pour l'instant, elle se sentait encore trop fragile pour remplacer auprès des enfants une nurse qui avait derrière elle quarante ans d'expérience.

Toutes ces excuses ressassées gardaient néanmoins leur pouvoir apaisant. Virginia remit la lettre au papier bleu dans son enveloppe de luxe et prit la deuxième avec soulagement. Mais cette agréable sensation fut de courte durée. Sur la feuille bleue, empruntée à Mme Keile, les phrases de Cara étaient maladroites, et descendaient brusquement au bout de la ligne comme si elles se heurtaient à un obstacle.

Maman chérie,

J'espère que tu passes de bonnes vacances et qu'il fait beau. Ici on a très chaud. Je vais aller prendre le thé chez Susan Maning Preston. Je ne sais pas à quoi nous joueront. La nuit dernière, Nicholas a crié et grand-mère lui a donné un comprimé. Il est devenu tout rouge. Ma poupée a perdu un œil et je ne le retrouve pas. Écris-moi vite s'il te plaît et dis-moi quand on va retourner à Kirkton.

Je t'embrasse.

Cara

P.S. N'oublie pas d'écrire.

Virginia replia la lettre et la posa à côté d'elle. Au-delà des pelouses, l'eau de la piscine d'Alice scintillait. Le parfum des fleurs et le chant des oiseaux emplissaient l'air qui peu à peu se rafraîchissait. On entendait la voix d'Alice parlant à Mme Jilkes, la cuisinière, sans doute à propos de la langouste du dîner.

Elle se sentait impuissante et se dit qu'elle n'était pas une bonne mère. Devait-elle demander à Alice l'autorisation de faire venir les enfants ? Non, c'était impossible. Ni la maison ni la vie d'Alice n'étaient conçues pour eux. Cara oublierait d'enlever ses bottes de caoutchouc, Nicholas jouerait au ballon en mettant les plates-bandes en danger, dessinerait sur le papier mural, et les nerfs d'Alice craqueraient... Sans sa nounou, Nicholas se montrait toujours deux fois plus turbulent.

Sans « nounou », sans Mme Briggs... C'était pourtant ce qu'elle devait se répéter. Il fallait qu'elle parvînt à s'occuper de ses enfants elle-même.

Mais cette idée continuait à la terroriser. D'ailleurs, dans l'immédiat, où les logerait-elle ? A l'hôtel ? A cette saison, les hôtels devaient afficher « Complet », et puis Nicholas y serait aussi intolérable qu'à *Wheal House*. Virginia songea à louer une caravane ou à camper sur la plage comme ces jeunes estivants décontractés qui faisaient des feux de camp et se lovaient sur le sable froid pour dormir.

Bien sûr, il y avait *Kirkton*. Tôt ou tard elle devrait y retourner en dépit de son envie profonde de fuir l'Écosse, la maison où elle avait vécu avec Antony, où étaient nés les enfants et qu'ils considéraient comme leur seule vraie maison. Pensant à *Kirkton*, elle vit trois silhouettes vaciller sur des murs pâles, la lumière du nord réfléchie par des plafonds blancs, et entendit le bruit de ses propres pas sur l'escalier nu et ciré. *Kirkton*, c'était aussi le vol des oiseaux sauvages dans des cieux d'automne, et le parc qui, devant la maison, descendait jusqu'à la rivière profonde au courant rapide...

Mais non, ce n'était pas encore le moment. Cara devrait attendre encore un peu. Derrière elle, une porte claqua et la ramena à l'instant présent. Tom Lingard revenait de son travail. Elle l'entendit appeler Alice puis laisser tomber son attaché-case sur la table du hall avant d'entrer dans le patio à la recherche de sa femme.

— Oh, bonsoir, Virginia !

Il se pencha et l'embrassa sur le front.

— Tu es seule ? Où est Alice ?

— Elle interviewe une langouste dans la cuisine.

— Tu as reçu des nouvelles des enfants ? Ils vont bien ? Parfait...

Tom avait la manie d'enchaîner les questions sans attendre de réponse. Parfois Virginia se demandait si dans cette attitude résidait la clef de son impressionnant succès.

— Qu'as-tu fait aujourd'hui ? Tu as pris des bains de soleil ? On ne peut pas avoir de meilleure idée avec ce temps. Je vais me baigner. Tu viens ? Un peu d'exercice te sera salutaire. Et à Alice également. Je vais la chercher.

Vibrant d'énergie, il rentra dans la maison et

s'engagea dans le couloir qui menait à la cuisine, en appelant Alice de sa voix forte. Heureuse d'avoir l'occasion de sortir de ses pensées moroses, Virginia se leva, ramassa son courrier et monta docilement dans sa chambre pour se changer.

2

A l'entrée de l'étude, les noms des notaires, Smart, Chirgwin et Williams, étaient inscrits sur une plaque de cuivre tant de fois fourbie que les lettres devenaient difficiles à lire. Le heurtoir et la poignée de la porte étaient du même cuivre mille fois poli. Virginia pénétra dans un couloir étroit où le linoléum brun et la peinture crème laissaient également supposer qu'une femme de ménage dépensait là beaucoup d'énergie et d'huile de coude.

Virginia appuya sur la sonnette qui se trouvait devant une sorte de vieux guichet de gare portant un panneau où on lisait : RENSEIGNEMENTS.

Aussitôt quelqu'un releva la vitre du guichet.

— Oui ?

Virginia sursauta puis répondit qu'elle désirait voir M. Williams.

— Vous avez rendez-vous ?

— Oui. Je suis Mme Keile.

— Un instant, je vous prie.

La vitre retomba et la personne disparut. Puis une porte s'ouvrit et Virginia eut devant elle la silhouette massive de son interlocutrice.

— Si vous voulez bien entrer, madame Keile.

Du sommet de la colline où se situait l'immeuble, la vue était splendide. Mais Virginia n'en fut pas moins surprise par l'ampleur du panorama qui s'imposa à son regard tandis que M. Williams se levait pour l'accueillir. La baie vitrée servait de cadre au charmant tableau qu'offrait le vieux Porthkerris avec ses maisons, aux toits d'ardoises fanées et aux cheminées chaulées, qui s'accrochaient aux flancs des collines. On pouvait voir ici une porte bleue, là, une fenêtre jaune, ailleurs une façade décorée de géraniums, du linge étendu flottant comme drapeau au vent ou encore les branches d'un arbre au tronc invisible. En contrebas, au-delà des toits, les eaux du port, à marée haute, scintillaient sous le soleil. Des bateaux tanguaient sur leur ancre pendant qu'une voile blanche filait vers la ligne d'horizon où se dessinait le bleu profond de la haute mer. L'air résonnait du cri des mouettes dont les grandes ailes traçaient des arabesques dans le ciel et, tandis que Virginia laissait M. Williams venir vers elle, on entendit l'horloge du clocher normand qui sonna onze heures.

— Bonjour, fit M. Williams.

Virginia se rendit compte qu'il venait de se répéter. Échappant à la fascination du panorama, elle le regarda.

— Oh, bonjour ! Je suis Mme Keile, je...

Mais elle ne put s'empêcher de parler de la vue.

— Comment pouvez-vous travailler avec un pareil spectacle ?

— Je lui tourne le dos, comme vous pouvez le constater.

— C'est fabuleux.

— Et unique. Des artistes viennent souvent nous demander de peindre le port de cette fenêtre. Les couleurs varient constamment mais sont toujours très belles. Sauf, bien entendu, les jours de pluie. Bien...

Il changea de ton brusquement comme s'il avait hâte d'en venir à l'essentiel et de ne plus perdre de temps.

— Que puis-je faire pour vous ? demanda-t-il à Virginia en lui avançant une chaise.

— Eh bien, en fait je cherchais un agent immobilier, mais je n'en ai pas trouvé et j'ignore si je m'adresse à la bonne personne... J'ai aussi consulté les petites annonces dans le journal sans trouver la moindre maison à louer. Lorsque je suis finalement tombée sur votre nom dans l'annuaire, j'ai pensé que vous pourriez peut-être m'aider.

— Vous aider à trouver une maison ?

Jeune, très brun, M. Williams regardait avec beaucoup d'intérêt la jolie jeune femme assise en face de lui.

— Simplement pour la louer...

— Et pour combien de temps ?

— Un mois. Mes enfants reprennent l'école la première semaine de septembre.

— Je vois. En fait, ce que vous me demandez ne correspond pas à nos activités. Mais Mlle Leddra a peut-être une idée. Bien que ce soit la haute saison. Nous sommes submergés d'estivants. Sachez que même s'il y a une possibilité, le loyer sera élevé.

— Peu importe.

— Je vous demande un instant...

Il sortit du bureau. Virginia l'entendit parler à la femme qui l'avait accueillie. Elle se leva, s'approcha de la baie vitrée, l'ouvrit, effaroucha une mouette et rit de la fureur de l'oiseau qui se sauva en criant. Le vent était doux et frais. Un bateau de plaisance, chargé de passagers, se dirigeait vers la sortie du port et, soudain, elle éprouva l'envie d'être sur ce bateau, loin de ses responsabilités, bronzée, arborant une casquette où serait inscrit : EMBRASSE-MOI, et riant aux éclats, tandis que les premières vagues feraient tanguer l'embarcation.

M. Williams revint.

— Pouvez-vous attendre un petit moment ? Mlle Leddra se renseigne.

30

— Bien sûr.

Elle retourna s'asseoir.

— Êtes-vous descendue à Porthkerris ?

— Oui. Chez des amis. Les Lingard qui habitent *Wheal House*.

Virginia perçut un changement immédiat dans l'attitude de M. Williams. Il se montra plus déférent.

— Oh, je connais leur maison ! C'est un endroit charmant.

— Oui. Alice a beaucoup de goût.

— Vous étiez déjà venue chez eux ?

— Il y a dix ans.

— Vos enfants vous accompagnent ?

— Non. Ils sont restés à Londres, avec leur grand-mère. Mais je voudrais les faire venir.

— Vous habitez Londres ?

— Non. C'est ma belle-mère qui y habite.

Virginia vit que M. Williams attendait. Elle ajouta :

— Je... je vis en Écosse.

Il eut un air ravi.

— Mais c'est merveilleux ! Dans quelle partie de l'Écosse êtes-vous ?

— Le comté de Perth.

— Le plus beau ! Ma femme et moi y avons passé nos vacances l'année dernière. Quelle tranquillité ! Ces routes désertes, ce calme ! Comment pouvez-vous vous en éloigner ?

Virginia allait lui répondre, mais elle apprécia l'irruption de Mlle Leddra qui entrait en portant un dossier.

— Je l'ai trouvé, monsieur Williams. C'est *Bosithick*. La lettre de M. Kernow précise qu'il désirerait louer la maison en août. Mais seulement à un locataire sérieux. Il insiste beaucoup sur ce point.

M. Williams prit le dossier et sourit à Virginia.

— Seriez-vous une locataire sérieuse, madame Keile ?

— Ça dépend de ce que vous me proposez.

— Eh bien, la maison n'est pas à Porthkerris... Merci, mademoiselle Leddra... mais elle ne se trouve pas très loin d'ici... à Lanyon, pour être plus précis.

— Lanyon !

M. Williams prit aussitôt la défense de Lanyon comme s'il avait entendu un cri d'effroi.

— Mais c'est un endroit charmant ! Je dirais même que c'est la partie de la côte qui reste la mieux préservée.

— Je ne voulais pas dire le contraire. J'ai simplement été surprise.

— Pourquoi ?

Il eut un regard perçant trop aigu, dérangeant.

— Pour rien, en fait. Parlez-moi de la maison.

Il lui expliqua qu'il s'agissait d'un vieux cottage sans distinction ni beauté particulière mais qui jouissait d'une certaine célébrité pour avoir abrité dans les années 20 un écrivain renommé.

— Lequel ? demanda Virginia.

— Je vous demande pardon...

— Quel écrivain connu ?

— Oh, excusez-moi ! Aubrey Crane. Ignoriez-vous qu'il a vécu pendant un certain temps ici ?

Virginia l'ignorait en effet. Mais en revanche elle se souvenait qu'Aubrey Crane comptait parmi les nombreux écrivains qui n'emportaient pas l'adhésion de sa mère. Dès que l'on parlait de ses livres, sa mère prenait un air réprobateur, et si la bibliothèque municipale lui faisait parvenir l'un de ses ouvrages, celui-ci était aussitôt renvoyé afin de le soustraire au regard de la jeune Virginia. Mais ce genre de souvenir donnait à *Bosithick* un attrait particulier.

— Continuez, monsieur Williams.

Plus confortable qu'autrefois, la maison possédait aujourd'hui une salle de bains, des toilettes et une cuisinière électrique.

— A qui appartient-elle ?

— A M. Kernow, le neveu de l'ancienne propriétaire. Mais il vit à Plymouth et ne vient à Lanyon que pendant les vacances. Ce qu'il ne fera pas cette saison parce que sa femme est malade. En tant que notaires de M. Kernow nous disposons de cette location. Mais ses instructions sont strictes : il veut une personne de confiance qui prendra soin de *Bosithick*.

— Est-ce une grande maison ?

M. Williams consulta le dossier.

— Voyons... Il y a une cuisine, un salon, une salle de bains et une entrée au rez-de-chaussée, et trois chambres au premier étage.

— Un jardin ?

— Pas exactement.

— Est-ce éloigné de la route ?

— Autant que je m'en souvienne, le chemin qui y conduit doit faire entre neuf et dix kilomètres.

— Je pourrais m'y installer immédiatement ?

— Absolument. Mais il faudrait d'abord la visiter.

— Oui, bien entendu. Quand pourrais-je y aller ?

— Aujourd'hui ? Demain ?

— Demain matin.

— Je vous y conduirai moi-même.

— Merci, monsieur Williams.

Virginia se leva et se dirigea aussitôt vers la porte, obligeant ainsi M. Williams à se précipiter devant elle pour lui ouvrir.

— Nous avons oublié quelque chose, madame Kiele.

— Quoi ?

— Nous n'avons pas parlé du loyer.

— Effectivement, je ne m'en suis pas préoccupée... observa Virginia en souriant. Au revoir, monsieur Williams.

Elle ne parla de sa démarche ni à Alice ni à Tom. Son projet était encore vague et difficile à exprimer clairement. Et puis Virginia risquait de provoquer une discussion, de se laisser persuader que les enfants seraient mieux en restant avec leur grand-mère ou en venant à *Wheal House* s'il le fallait. Virginia préférait attendre que sa décision fût prise. Elle mettrait alors Alice devant le fait accompli et lui demanderait de l'aider à convaincre sa belle-mère de lui laisser les enfants sans la nurse. C'était là le plus gros problème, l'obstacle impressionnant qu'il lui faudrait franchir. Elle en frémit. Mais avant, il lui restait à régler quelques difficultés mineures dont elle comptait se charger seule.

Hôtesse parfaite, Alice ne lui posa aucune question lorsqu'elle lui annonça qu'elle s'absentait pour la matinée, se contentant de lui demander :

— Tu déjeuneras ici ?

— Je ne pense pas. Je préfère dire non.

— Je t'attendrai pour le thé. Puis nous nous baignerons ensemble.

— Ce sera formidable.

Virginia embrassa Alice, sortit, monta dans sa voiture et se dirigea vers Porthkerris. Mais quand elle arriva à l'étude, M. Williams lui annonça qu'il ne pouvait l'accompagner.

35

— Je suis profondément désolé, mais l'une de mes plus fidèles clientes vient aujourd'hui de Truro et je me dois de l'accueillir. J'espère que vous me comprenez... Voici les clefs de la maison. Je vous ai fait un plan détaillé qui devrait vous permettre de trouver votre chemin facilement. Si vous ne souhaitez pas être seule, Mlle Leddra vous accompagnera.

Imaginant un instant la présence intimidante de Mlle Leddra à ses côtés, Virginia assura à son interlocuteur qu'elle saurait se débrouiller sans le secours de sa secrétaire. Elle regarda le trousseau de clefs dont chacune était dotée d'un petit rectangle de bois indiquant son usage.

— Soyez prudente sur le chemin, lui conseilla M. Williams en se dirigeant avec elle vers la porte. Il est plein de nids-de-poule. Pour faire demi-tour vous devrez aller au-delà de *Bosithick* jusqu'à une ancienne cour de ferme où vous trouverez la place de manœuvrer. Vous êtes certaine que tout ira bien ? Je suis franchement désolé de vous faire faux bond, mais quand vous reviendrez, je serai là pour recueillir vos impressions. Oh... je dois vous rappeler que la maison n'a pas été ouverte depuis plusieurs mois. Elle vous paraîtra sans doute poussiéreuse. Mais il vous suffira d'ouvrir les fenêtres et d'imaginer un feu dans la cheminée pour avoir une autre vision des lieux.

Virginia retourna vers sa voiture sans enthousiasme. Le trousseau de clefs pesait dans son sac comme du plomb. Elle éprouva un brusque sentiment de solitude et faillit retourner à *Wheal House* pour se confier à Alice, la supplier de lui apporter son appui moral et de l'accompagner à Lanyon. Mais elle s'estima ridicule. L'entreprise n'était pas gigantesque : il suffisait de visiter une maison et de la louer ou d'oublier ce projet. N'importe quelle idiote — elle, comprise — était capable de faire ça.

La circulation restait intense sous un ciel toujours aussi bleu. Virginia dut suivre la longue file de voitures qui traversait la ville d'un bout à l'autre. Au sommet de la colline où se situait le dernier carrefour, la circulation s'allégea. Elle put accélérer et dépasser plusieurs véhicules. Plus loin, sur la lande, la route dessina un ruban gris parmi les fougères, la mer réapparut, et Virginia se sentit plus à l'aise. Sur sa gauche s'élevait le promontoire de Carn Edvor couvert de bruyère tandis qu'à sa droite elle retrouvait le patchwork des champs, des pâturages et des fermes en bordure de la mer, tel qu'elle l'avait contemplé deux jours plus tôt.

M. Williams lui avait indiqué des buissons d'aubépine courbés par le vent sur le bord de la route, juste avant l'embranchement du chemin qui menait à *Bosithick* et, au-delà, à l'ancienne cour de ferme puis au rivage. Quand elle s'engagea sur le

37

chemin, entre deux haies de ronces, elle s'appliqua à éviter les pierres et les nids-de-poule et à ne pas penser aux éraflures que les branches épineuses devaient infliger à la peinture de la voiture.

Elle découvrit la maison à l'endroit où le chemin descendait brusquement. Elle vit alors un muret de pierre, et, au-delà, un toit de tuile et une tour. Arrêtant la voiture, elle prit son sac et sortit. Un vent marin, frais et salé, soufflait de la mer sur les genêts odorants. Elle voulut pousser la barrière qui fermait l'entrée, mais les gonds ne fonctionnaient plus et elle dut la soulever pour l'ouvrir. Un sentier conduisait à un petit escalier en pierre puis continuait jusqu'à la maison. Longue et basse, cette dernière était pourvue de pignons au nord et au sud. Mais côté nord, face à la mer, il y avait aussi une pièce que l'on avait ajoutée au corps de logis en la coiffant d'une tour carrée. Virginia trouva que cette tour donnait à l'ensemble un petit air de chapelle assez déconcertant. Il n'existait pas de jardin à proprement parler mais un espace d'herbe haute agitée par le vent, et planté de deux poteaux de guingois auxquels étaient fixées les extrémités d'une corde à linge rompue.

Elle descendit les marches et suivit le sentier qui contournait un côté de la maison et menait à la porte d'entrée. Délavé, le rouge sombre des panneaux s'écaillait sous l'air marin et le soleil. Virginia sortit les clefs et fit tourner celle de l'entrée en même temps que la poignée. Immédiatement, la porte s'ouvrit sans un bruit. Elle vit deux marches usées, simples planches de bois nu, et respira une odeur d'humidité et de... souris ? Elle se sentit mal à l'aise. Elle détestait les souris, mais elle n'était pas venue jusqu'ici pour rebrousser chemin aussitôt. D'un pas prudent, elle monta les deux marches.

Il lui fallut peu de temps pour faire le tour du rez-de-chaussée, découvrir la minuscule cuisine, sa cuisinière rudimentaire et son évier mal entretenu, puis le salon encombré de chaises dépareillées. Un appareil de chauffage électrique, installé dans la cheminée, évoquait un animal sauvage posté à l'entrée de sa tanière. Aux fenêtres pendaient mollement des rideaux de coton couverts de chiures de mouches, et un vaisselier croulait sous des tasses, des assiettes et des plats de toutes sortes, plus ou moins ébréchés.

En s'attendant à un spectacle identique, Virginia monta au premier étage. Les chambres étaient sombres avec leurs fenêtres minuscules et leurs meubles massifs. Elle retourna sur le palier puis monta deux marches, ouvrit une porte et reçut en plein visage un flot de lumière vive qui tranchait violemment sur les ombres des autres pièces. Celle-ci lui parut étonnante dès qu'elle s'habitua à sa clarté. Petite, carrée, vitrée sur trois côtés, elle dominait la mer et, comme du pont d'un navire, on pouvait voir la côte sur une vingtaine de kilomètres.

Une banquette recouverte d'un tissu fané courait le long de la face nord. Il y avait également une table de bois naturel, une natte de paille tressée et, au centre de la pièce, tel un puits utilisé comme élément de décoration, un escalier en colimaçon, à la rampe en fer forgé, qui conduisait directement au salon.

Virginia descendit avec prudence dans la pièce où trônait une imposante cheminée, style Art Nouveau. De là on pouvait passer dans la salle de bains puis regagner le petit salon sombre.

Quelle maison ! Extraordinaire mais inquiétante, elle semblait l'encercler en attendant, sans égard pour ses nerfs fragiles, qu'elle prît une décision. Afin de s'accorder un temps de réflexion, elle retourna dans la tour, s'assit sur la banquette, ouvrit son sac et prit son paquet de cigarettes en constatant qu'il n'en restait qu'une. Elle l'alluma, puis regarda la table, où l'on avait gratté des taches, et les couleurs fanées de la natte. C'était sans doute dans cette pièce qu'Aubrey Crane avait élaboré les histoires d'amour brûlantes qu'elle n'avait pas eu le droit de lire. Elle l'imagina, barbu, en knickerbockers, cachant les passions de son cœur rebelle sous une apparence des plus conventionnelles. En été, peut-être ouvrait-il ses fenêtres aux senteurs et aux bruits de la campagne, au grondement de la mer, au sifflement du vent. Mais, en hiver, il devait s'enve-lopper dans des couvertures et écrire péniblement, ses mains gercées recouvertes de mitaines de laine.

Quelque part dans la pièce, une mouche bour-donna. Le front appuyé à la vitre froide d'une fenêtre, Virginia regarda la mer sans la voir et entama l'un de ces monologues en forme de dis-cussion auxquels elle se livrait depuis des années.

— Je ne peux pas m'installer ici.

— Pourquoi ?

— C'est un endroit détestable, sûrement hanté et qui m'angoisse. L'atmosphère est insupportable.

— Tu te fais des idées.

— Non. Il est impossible de vivre ici. Les enfants détesteraient une pareille maison. Et puis où joue-raient-ils ?

— Ils ont les champs, les falaises, la mer pour eux.

— Mais il faudra que je fasse la lessive, le repas-sage, la cuisine. Et il n'y a ni réfrigérateur ni eau chaude...

— Tu tenais à prendre les enfants avec toi, à les sortir de Londres, non ?

— Ils sont mieux là-bas, avec Mme Briggs, que dans ce genre de maison.

— Tu pensais différemment, hier.

— Je ne peux pas les faire venir ici. Je serais trop seule. Je ne saurais pas comment m'y prendre.

41

— Alors, qu'envisages-tu ?

— Je n'en sais rien. Je vais voir avec Alice. J'aurais dû commencer par là. Elle n'a pas d'enfants mais elle comprendra. Elle connaît peut-être une autre maison. Elle m'aidera. Il le faut.

D'une voix sèche, Virginia acheva sa discussion :

— Eh bien, voilà que tu as pris de grandes résolutions !

Agacée, elle écrasa sous son talon la cigarette à demi consumée, se leva, redescendit, sortit les clefs et referma la porte derrière elle. Les petites fenêtres des chambres semblèrent lui lancer un regard railleur. Elle leur tourna le dos pour retrouver l'intérieur rassurant de sa voiture, alla en marche arrière jusqu'à l'ancienne cour de ferme et effectua son demi-tour. Il était midi et quart, mais n'étant pas attendue à *Wheal House* pour déjeuner, elle songea qu'au lieu de rentrer à Porthkerris immédiatement, elle pouvait se diriger vers Lanyon qui se trouvait à moins de deux kilomètres et s'acheter des cigarettes.

Au bout de l'étroite rue principale, elle s'arrêta sur la place pavée, bordée d'un côté par le porche de l'église au clocher carré et, de l'autre, par le *Mermaid's Arms*, joli petit pub aux murs chaulés.

Le temps clément avait permis de sortir des tables, des chaises, des parasols aux couleurs vives et des jardinières de capucines orange. Un couple

42

de vacanciers buvait une bière pendant que leur garçonnet jouait avec un petit chien. Ils saluèrent Virginia en souriant. Elle leur répondit puis entra dans le pub en baissant instinctivement la tête au moment de franchir le seuil sous le linteau noirci.

A l'intérieur, le plafond était bas, les lambris sombres, et les fenêtres très petites, voilées de dentelle, n'invitaient pas le soleil à entrer. Il régnait une plaisante odeur de cave. Dans la pénombre, on distinguait quelques personnes assises le long du mur ou autour de tables bancales. Derrière le bar et sa guirlande de chopes suspendues, le serveur, en manches de chemise et pull-over à carreaux, essuyait des verres en bavardant avec un client assis au bout du comptoir.

— J' sais pas ce qui se passe, William, disait-il, mais on met des poubelles et on ne les vide pas.

— Ah... répondit William, perché sur son tabouret, un demi devant lui, et une cigarette consumée entre les doigts.

— Les vieux papiers s'envolent sur la route, et on ne fait rien. De toute façon, ces poubelles, on s'en passait autrefois, et on s'en passerait bien encore aujourd'hui, tellement elles sont moches !

Le barman posa le verre qu'il venait de faire briller et se tourna vers Virginia.

— Madame... Je vous écoute.

Il avait bien l'accent et l'allure d'un Cornouail-

43

lais, avec son visage tanné par le vent marin, ses yeux bleus et ses cheveux noirs.

Virginia lui demanda des cigarettes.

— J'ai que des paquets de vingt. Ça vous ira ?

Il en prit un sur une étagère, derrière lui.

— Belle journée, n'est-ce pas ? Vous êtes en vacances ?

— Oui.

Il y avait des années qu'elle n'avait pas mis les pieds dans un pub. En Écosse, les femmes n'y vont jamais. Elle avait oublié l'atmosphère amicale, confortable, presque douillette de ce genre d'endroit.

— Vous avez du Coca ?

Le barman parut surpris.

— Oui. Pour les enfants. Vous en voulez ?

— S'il vous plaît.

Il prit une bouteille, l'ouvrit d'un coup sec, emplit un verre et le poussa vers elle.

— J'étais en train de dire à William, ici présent, que la route de Porthkerris est une honte...

Virginia se hissa sur un tabouret et le laissa poursuivre son discours.

— Vous avez vu toutes ces ordures qui traînent ? Les gens de l'extérieur savent pas quoi faire de leurs déchets, on dirait. Quand on vient dans des coins aussi beaux que par ici, on laisse pas ses papiers gras derrière soi ! C'est à croire que ces gens-là sont nés idiots. Pourtant, ce sont les mêmes qui parlent d'écologie, de préservation de la nature. Mais, bon sang...

Visiblement, il avait enfourché son cheval de bataille et de tous les coins de la salle son public ponctuait ses arguments de grognements appréciateurs. Virginia alluma une cigarette. Dehors, sur la place ensoleillée, une voiture se gara, une portière claqua, une voix masculine lança un bonjour sonore, puis Virginia entendit des pas franchir, derrière elle, le seuil du pub.

— J'ai écrit au député à ce sujet. Il m'a répondu que c'était pas à lui d'intervenir. Je lui ai fait remarquer...

Il s'interrompit en découvrant son nouveau client, puis lança en plaisantant :

— Eh ! Bonjour ! Vous êtes de passage ?

— Toujours avec tes histoires de poubelles, Joe ?

— Tu sais bien, mon garçon, que je m'acharne là-dessus comme un terrier sur un rat. Qu'est-ce que tu prendras ?

— Une bière.

Joe se mit à remplir une chope pendant que le nouveau venu s'installait au bar entre Virginia et le lugubre William. Elle savait qui il était. Avant même de reconnaître sa voix, elle avait reconnu son pas lorsqu'il avait franchi la porte du *Mermaid's Arms*.

Elle prit une gorgée de Coca, reposa son verre, trouva à sa cigarette un goût amer et l'écrasa dans le cendrier. Se tournant vers lui, elle vit la chemise bleue, les manches roulées sur les avant-bras hâlés, les yeux bleu clair, les cheveux drus, coupés très court, sorte de fourrure sur le cuir chevelu.

— Bonjour! lança-t-elle, parce que c'était la seule chose à faire.

Surpris, il tourna brusquement la tête. Il avait l'air d'un homme qui vient de recevoir un coup de poing totalement imprévisible.

— C'est bien moi, lui dit-elle.

Il eut un sourire incrédule et triste, comme s'il éprouvait le sentiment d'avoir l'air idiot.

— Virginia.

Machinalement, elle répéta :

— Bonjour.

— Qu'est-ce qui vous amène par ici, Virginia ?

Elle ne doutait pas que tout le monde tende l'oreille en attendant sa réponse.

— Je suis venue acheter des cigarettes et boire quelque chose, répondit-elle en optant pour un ton léger, désinvolte.

— Quand je dis ici, je veux dire en Cornouailles. A Lanyon...

— Je suis en vacances. Chez les Lingard. A Porthkerris.

— Quand êtes-vous arrivée ?

— Il y a une semaine.

— Et vous êtes venue jusqu'ici...

Avant qu'elle ait eu le temps de répondre, le barman poussa la chope de bière vers Stanley qui se mit à chercher de la monnaie dans la poche de son pantalon.

— Vous vous connaissez ? demanda Joe en regardant Virginia avec un intérêt nouveau. Vieux amis, on dirait.

— En quelque sorte.

— Je ne l'avais pas vue depuis dix ans, précisa Stanley en faisant glisser les pièces sur le comptoir.

Puis posant les yeux sur le verre de Virginia, il lui demanda :

— Que buvez-vous ?

— Du Coca.

— On va l'emporter dehors. On sera mieux au soleil.

Elle suivit Stanley en sentant peser sur elle des regards chargés d'une insatiable curiosité. Sur l'une des tables de bois, il posa leurs verres, et ils s'assirent côte à côte sur un banc, la tête au soleil, le dos appuyé au mur chaulé.

— Ça ne vous ennuie pas d'être dehors ? C'était le seul moyen de parler tranquillement, sans que tout soit répété d'un bout à l'autre du comté dans la demi-heure suivante.

— On est mieux ici, de toute façon.

Ils étaient si près l'un de l'autre qu'elle pouvait voir la texture de sa peau marquée par le grand air, le réseau de petites rides autour des yeux, les premiers cheveux blancs. Elle pensa : « Nous nous sommes retrouvés. »

— Racontez-moi, dit-il.

— Quoi ?

— Ce que vous êtes devenue. Je sais que vous vous êtes mariée, ajouta-t-il précipitamment.

— Oui. Très tôt.

— Eh bien, ça vous a évité la saison londonienne que vous redoutiez tant.

— C'est vrai.

— Et votre premier bal... Pas de regrets ?

— Mon mariage l'a remplacé avantageusement.

— Mme Anthony Keile... J'avais vu le faire-part dans le journal. Où habitez-vous maintenant ?

— En Écosse. Il y a une maison en Écosse...

— Des enfants ?

— Deux. Un garçon et une fille.

— Quel âge ?

Il manifestait un réel intérêt, et elle se souvenait à quel point on aime les enfants en Cornouailles. Elle songea à Mme Jilkes qui ne pouvait parler de quelque petit-neveu ou petite-nièce sans que son regard s'embuât.

— La fille a huit ans et le garçon, six.

— Ils sont venus avec vous ?

— Non. Ils sont à Londres. Avec leur grand-mère.

— Et votre mari ? Il est ici ? Où passe-t-il la matinée ? Au golf ?

Elle le regarda et, pour la première fois, réalisa qu'une tragédie personnelle est effectivement quelque chose d'intime. Votre vie peut être brisée sans que le reste du monde soit nécessairement au courant ou ait envie de s'en préoccuper. Il n'y avait aucune raison pour que Stanley sût ce qui s'était passé.

Plaquant ostensiblement ses mains sur le bord de la table, comme si ce geste avait une importance capitale, Virginia annonça :

— Anthony est mort.

Aussitôt ses mains lui parurent presque transparentes, immatérielles, les poignets trop fins, les longs ongles en amande, portant un vernis corail. Elle regretta de ne pas avoir des mains puissantes et habiles, à la peau tannée, les pores incrustés de terre, les ongles cassés par le jardinage, l'épluchage des pommes de terre et la préparation des carottes. Le regard de Stanley l'interrogeait. Elle ne voulait surtout pas lui inspirer de la pitié.

— Qu'est-il arrivé ? demanda-t-il.

— Sa voiture est tombée dans une rivière. Il s'est noyé.

— Noyé ?

— Il y a une rivière à *Kirkton*... là où nous habitons, en Écosse. Elle passe entre la maison et la route et oblige à emprunter un pont. En rentrant, un soir, il a dérapé ou il a mal pris le tournant, et la voiture a défoncé le parapet de bois et est tombée dans la rivière. Il avait beaucoup plu, la rivière était en crue et a englouti la voiture. Il a fallu qu'un plongeur descende avec un câble. Puis la police a utilisé un treuil pour remonter le véhicule...

Il avait entendu sa voix faiblir. Doucement, il lui demanda :

— C'est arrivé quand ?

— Il y a trois mois.

— C'est encore récent.

— Oui. Et j'ai eu tant à faire que je n'ai même pas vu passer ces trois mois. Et puis, j'ai eu une sorte de grippe dont je n'arrivais pas à me remettre, si bien que ma belle-mère m'a proposé de prendre les enfants à Londres pendant que je viendrais me reposer chez Alice.

— Quand repartez-vous ?

— Je ne sais pas encore.

Stanley resta silencieux, vida sa chope, et la reposa en demandant :

— Vous êtes en voiture ?

— Oui.

Elle lui montra sa Triumph bleue.

— Bien. Finissez votre verre et allons à *Penfolda*.

Virginia le regarda, étonnée.

— Il n'y a rien d'extraordinaire, dit-il. C'est l'heure du déjeuner. J'ai des pâtés en croûte dans le four. Vous ne voulez pas venir en manger un avec moi ?

— Si.

— Alors, allons-y. J'ai ma Land Rover. Vous n'aurez qu'à me suivre.

— D'accord.

Il se leva.

— Je vous emmène. Partons.

3

Elle n'avait été à *Penfolda* qu'une seule fois, dix ans plus tôt, par un soir de printemps baigné de fraîcheur.

— Nous sommes invités à une soirée, avait annoncé Alice pendant le déjeuner.

Très mondaine et nantie d'une fille de dix-sept ans prête à faire ses débuts dans la société, la mère de Virginia manifesta son intérêt dès qu'elle entendit parler d'une invitation.

— Oh, quelle agréable nouvelle! Où aura lieu cette soirée? Chez qui?

Connaissant Rowena Parsons depuis des années, Alice put se montrer ironique sans encourir les foudres de son amie.

— Ne t'emballe pas. Je ne crois pas que tu sois faite pour ce genre de soirée.

— Ma chère Alice, je ne vois pas très bien ce que tu veux dire. Explique-toi.

— Eh bien, nous sommes invités par les Barnet.

Amos et Fenella Barnet. Tu as peut-être entendu parler de lui. C'est un sculpteur d'avant-garde. Ils occupent l'un des vieux ateliers d'artiste de Porthkerris, et ils ont une multitude d'enfants, très peu conventionnels...

Virginia n'attendit pas d'en sàvoir plus.

— Pourquoi n'irions-nous pas ?

Ce genre de personnes l'attirait depuis longtemps. Mais sa mère esquissa un froncement de sourcils qui se voulait éloquent sans nuire à sa beauté.

— La soirée a lieu dans leur studio ?

A l'évidence, elle suspectait des boissons diaboliques et de l'herbe en guise de tabac.

— Non, ça se passe à Lanyon, sur les terres de *Penfolda*. *Penfolda* est une ferme, et il y aura un feu de camp sur les falaises pour faire griller des saucisses.

Virginia ne cachait pas son désir d'aller là-bas. Alice ajouta, afin d'être plus convaincante :

— Ça devrait être amusant, non ?

Mme Parsons exprima un avis contraire :

— Je trouve que ça n'a rien d'enthousiasmant.

— Ta réaction ne me surprend pas vraiment. Mais Tom et moi, nous y allons. Et nous emmènerons Virginia.

Mme Parsons posa sur sa fille un regard froid.

— Tu désires réellement aller à un barbecue ?

— Pourquoi pas ? Il me semble que ce peut être drôle.

Elle avait appris depuis longtemps qu'avec sa mère les manifestations d'enthousiasme ne payaient pas.

— Très bien, répondit Mme Parsons en se servant une tranche de pudding au citron. Si tu estimes que tu vas t'amuser, et si Alice et Tom veulent bien t'emmener... Mais, pour l'amour du ciel, habille-toi chaudement ! Il va faire un froid de canard. Ce n'est pas un temps à organiser un pique-nique.

Elle eut raison. Il fit froid. Tandis que vers l'ouest, sur le ciel turquoise, Carn Edvor dressait sa silhouette noire, un vent de terre faisait passer sur les falaises un souffle glacé. Quand la voiture roula à flanc de colline, Virginia se retourna vers Porthkerris pour voir ses lumières scintiller et se refléter dans les eaux sombres du port. De l'autre côté de la baie, sur son promontoire lointain, le phare envoyait ses signaux. Un rayon lumineux. Une pause. Un rayon. Une pause plus longue. Il y avait du danger. Il fallait être prudent.

Pour Virginia, la soirée semblait pleine de promesses. Tout excitée, elle se retourna, se pencha en avant et, le menton sur ses bras croisés, s'appuya au siège d'Alice. Enfantin mais spontané, son geste était la preuve d'une naturelle bonne humeur et des élans que l'influence d'une mère dominatrice refrénait trop souvent.

— Alice, où allons-nous exactement ?

— A la ferme de Penfolda. Juste à côté de Lanyon.

— A qui appartient cette ferme ?

— A Mme Philips. Elle est veuve et vit avec son fils, Stanley.

— Que fait-il ?

— Quelle question ! Il est fermier !

— Et ce sont des amis des Barnet ?

— Sans doute. Il y a par ici beaucoup d'artistes, et ils ne vivent pas en cercle fermé. Mais j'ignore comment ils se sont rencontrés.

Tom observa :

— Probablement au *Mermaid's Arms*.

— Qu'est-ce que c'est ? demanda Virginia.

— Un pub, à Lanyon. Le samedi soir, on va en famille y boire un verre et papoter.

— Qui d'autre sera présent à la soirée ?

— Nous n'en savons pas plus que toi.

— Vous n'avez aucune idée ?

Alice fit de son mieux pour satisfaire la curiosité de Virginia :

— Eh bien, je pense qu'il y aura des artistes, des écrivains, des poètes, des fermiers, des marginaux et peut-être quelques personnes conventionnelles et barbantes, comme nous.

Virginia jeta ses bras autour des épaules d'Alice.

— Vous n'êtes ni conventionnels ni barbants. Vous êtes sensationnels !

— On verra si tu conserves ta bonne opinion de nous à la fin de la soirée. Tu risques d'être déçue. Alors ne parle pas trop vite.

Virginia se rejeta contre le dossier du siège, serra ses bras contre elle et se jura qu'il n'y aurait pas de déconvenue.

Comme de grosses lucioles, les phares de nombreuses voitures convergeaient vers *Penfolda*. De la route, on voyait une lumière briller à chaque fenêtre de la ferme. Tom suivit la file des autos qui avançaient en cahotant sur un chemin de terre pour aller se garer dans la cour de la ferme. L'air résonnait de voix et de rires d'amis, heureux de se retrouver et, déjà, l'on se dirigeait vers les falaises en franchissant les enclos de pierre des pâturages. Certains s'étaient enveloppés dans des couvertures, d'autres portaient des lampes tempête ou quelques bouteilles. Avant tout, Virginia se félicita de l'absence de sa mère...

Quelqu'un s'écria :

— Tom ! Que fais-tu ici ?

Tandis que Tom et Alice s'arrêtaient pour attendre leurs amis, Virginia continua à avancer. Ravie de se sentir indépendante, elle respira longuement l'odeur de la tourbe, du varech et du feu de bois. Sous le ciel qui retenait les dernières lueurs du jour, la mer semblait noire. Elle passa par une brèche dans le mur de pierre et découvrit, au bout du pâturage, les flammes dorées du feu, déjà entouré de lanternes et d'une trentaine de personnes dont on ne distinguait que les silhouettes et les ombres. Mais, dès que Virginia s'approcha, elle vit des visages, des gens qui riaient et se parlaient, des gens qui se connaissaient. Les verres se remplissaient au tonneau de bière installé sur un tréteau, l'air sentait la pomme de terre et la saucisse, un homme se mit à jouer de la guitare et quelques chanteurs aux voix incertaines se réunirent autour de lui.

Il y a un navire
Qui vogue sur la mer,
Chargé d'une immense cargaison
Qui ne laisse aucun vide.
Mais si immense soit-elle,
Elle l'est moins que mon amour...

Un jeune homme, qui s'apprêtait à dépasser Virginia en courant, la heurta dans la pénombre.

— Pardon !

Il l'attrapa par le bras, autant pour garder l'équilibre que pour empêcher Virginia de vaciller. Levant sa lanterne, il éclaira son visage.

— Qui êtes-vous ?

— Virginia.

— Mais encore...

— Virginia Parsons.

Il avait des cheveux longs et un bandeau sur le front qui lui donnait l'air d'un Apache.

— Je me disais bien que je ne vous avais jamais vue. Vous êtes seule ?

— Non. Je suis venue avec Alice et Tom... mais...

Elle se retourna, regarda le pâturage.

— Je les ai perdus... je ne sais pas où ils sont.

— Je m'appelle Dominic Barnet.

— Oh... C'est vous qui avez lancé les invitations.

— Plutôt mon père. Enfin, disons qu'il offre la bière et ma mère, les saucisses. Venez boire un verre.

Sa main se fit plus ferme sur son bras tandis qu'il l'entraînait vers le groupe qui s'agitait autour du feu.

— Papa ! Voici quelqu'un qui n'a pas de verre.

Un barbu à la silhouette massive, l'allure médiévale dans ce décor d'ombres et de feu, était penché sur le robinet du tonneau. Il se redressa et tendit à Virginia l'énorme chope qu'il venait de remplir.

— Eh bien, voilà ce qu'il vous faut !

— Plus une saucisse !

58

Dominic donna à Virginia la saucisse, piquée sur un bout de bois, prestement soustraite à un plateau que l'on faisait passer. Les mains ainsi pleines, Virginia s'apprêtait à remercier son hôte en s'embarquant dans une conversation de circonstance quand Dominic aperçut un visage connu, appela : « Marianne ! » ou un nom de ce genre et s'éloigna.

De nouveau seule, Virginia scruta la pénombre, sans retrouver les Lingard, et résolut de s'asseoir comme tout le monde. Entre la chaleur des flammes sur son visage et le froid que soufflait le vent dans son dos, elle prit une gorgée de bière en attendant que la saucisse refroidisse. Mais, buvant de la bière pour la première fois, elle eut aussitôt envie d'éternuer. Ce fut un éternuement sonore auquel, derrière elle, une voix amusée répondit :

— A vos souhaits !

Virginia se retourna.

— Merci.

Un homme jeune, solidement charpenté, en pantalon de velours côtelé, bottes de caoutchouc et gros pull norvégien, se tenait debout et lui souriait, le visage cuivré par le reflet des flammes.

Elle lui expliqua :

— C'est la bière qui m'a fait éternuer.

Il s'accroupit à côté d'elle, lui prit la chope des mains et la posa sur l'herbe.

— Vous risquez d'éternuer encore une fois et de tout renverser. Ce serait du gâchis.

— En effet.

— Vous êtes sûrement une amie des Barnet.

— Pourquoi dites-vous ça ?

— C'est la première fois que je vous vois.

— Mais vous vous trompez. Je suis venue avec les Lingard.

— Alice et Tom ? Ils sont ici ?

— Oui.

Devant le plaisir qu'il manifestait à l'idée de revoir Alice et Tom, Virginia espéra qu'il tenterait de les trouver. Mais il n'en fit rien. S'installant plus confortablement sur l'herbe, il regarda autour de lui, amusé et apparemment ravi de pouvoir rester silencieux. Virginia mangea sa saucisse puis essaya de relancer la conversation.

— Vous êtes un ami des Barnet ?

Il s'arracha à sa contemplation, se tourna vers elle, le regard droit et d'un bleu très clair.

— Pardon ?

— Je me demandais si vous étiez un ami des Barnet. C'est tout.

Elle le vit rire.

— Il vaut mieux que je le sois ! Ce sont mes champs qu'ils profanent.

— Alors vous êtes Stanley Philips.

Il marqua un silence.

— Oui, finit-il par affirmer. Je pense que c'est moi.

La conversation fut interrompue. Quelqu'un lui signalait qu'une vache, échappée d'un champ voisin, terrorisait une jeune fille. Légèrement éméchée, se croyant menacée par un taureau, elle poussait des cris effroyables. Stanley se leva et alla l'apaiser. Au même moment, Alice et Tom réapparurent, et Virginia passa le reste de la soirée à essayer vainement d'apercevoir Stanley.

Vers minuit, alors qu'il ne restait plus ni bière ni saucisses et que les bouteilles circulaient dans l'assistance tandis que du feu ravivé montaient des flammes immenses, Alice suggéra qu'il était peut-être temps de rentrer.

— Ta mère, dit-elle à Virginia, doit s'imaginer que l'on t'a violée ou que tu t'es noyée. Et puis Tom doit se rendre au bureau à neuf heures et je trouve qu'il ne fait vraiment pas chaud. Qu'en penses-tu ? Tu es contente ? Tu t'es amusée ?

— Beaucoup.

Virginia admit qu'il était préférable de partir, bien qu'elle n'en eût aucun désir. Ils s'éloignèrent du feu et du bruit en direction de la ferme.

Une seule fenêtre était restée allumée, mais la pleine lune, toute blanche, naviguait haut dans le ciel et emplissait la nuit d'une lumière laiteuse. Quand ils atteignirent la cour de la ferme, une porte s'ouvrit, répandant une clarté jaune et une voix appela :

— Tom ! Alice ! Venez boire quelque chose qui vous réchauffera avant de repartir.

Tom s'avança vers la maison.

— Bonsoir, Stanley. On croyait que tu étais allé te coucher.

— C'est sûr que je n'ai jamais eu l'intention de rester sur les falaises jusqu'à l'aube ! Tu prends un verre, Tom ?

— J'aimerais bien un whisky.

— Et moi, du thé, dit Alice. Quelle bonne idée ! Nous sommes gelés ! Mais on ne voudrait pas t'importuner.

— Ma mère n'est pas encore couchée et elle sera contente de vous voir. La bouilloire est sur le feu...

Ils pénétrèrent dans la maison. Lambrissée, le sol au dallage d'ardoise recouvert de nattes aux couleurs vives, l'entrée avait un plafond bas dont les poutres semblaient frôler le crâne de Stanley.

Alice demanda, tout en déboutonnant son manteau :

— Stanley, tu connais Virginia ? Elle est en vacances chez nous.

— Nous nous sommes rencontrés, répondit Stanley.

Il regarda à peine Virginia.

— Allons dans la cuisine, dit-il. C'est la pièce la plus chaude. Maman ! voici Alice et Tom Lingard. Alice aimerait une tasse de thé, Tom, un whisky et...

Il se tourna vers Virginia.

— Que désirez-vous ?

— J'aimerais aussi du thé.

Alice aidait déjà Mme Philips en prenant des tasses et des soucoupes sur le vaisselier. Elles parlaient de la soirée et éclatèrent de rire en évoquant la jeune fille qui avait pris une vache pour un taureau. Les deux hommes s'assirent à la table rustique avec des verres, un siphon de soda et une bouteille de scotch.

Installée au bout de la table, sur la banquette confortable que dominait une fenêtre, Virginia entendait le bruit des conversations sans prêter attention à ce qui se disait. La griserie provoquée par la bière et la douce chaleur de la cuisine lui donnaient envie de dormir. Mais, les poings au fond des poches, enveloppée dans son manteau, elle songeait qu'elle n'avait jamais vu de pièce plus accueillante et rassurante que la cuisine des Philips. Il y avait des poutres, de vieux crochets pour suspendre les jambons, et l'embrasure des fenêtres était fleurie de géraniums. La bouilloire laissait frémir son eau sur un imposant fourneau, un chat ronronnait sur une chaise d'osier, un calendrier faisait de la publicité pour un marchand de grain, les rideaux étaient en coton à petits carreaux et une chaude odeur de pain flottait dans l'air.

Les cheveux gris, d'une impeccable propreté,

Mme Philips était aussi petite que son fils était grand. Elle donnait néanmoins l'impression de travailler depuis le jour de sa naissance et de s'en accommoder parfaitement. Tandis qu'elle s'affairait avec Alice en se moquant gentiment de l'extravagance des Barnet, Virginia se dit en l'observant qu'elle eût aimé avoir une mère comme elle : calme, de bonne humeur, et aussi une grande cuisine réconfortante avec une bouilloire toujours pleine, sur le fourneau.

Dès que le thé fut prêt, les deux femmes vinrent s'asseoir autour de la grande table. Mme Philips servit Virginia qui se redressa, retira ses mains de ses poches et se souvint qu'il convenait de dire merci.

Mme Philips constata en riant :

— Vous avez vraiment envie de dormir !

— En effet.

Elle baissa la tête et remua son thé afin d'échapper au regard bleu et déconcertant de Stanley.

Un peu plus tard, ils se levèrent pour partir. Dans le hall, Tom et Alice remirent leur manteau puis s'avancèrent vers la porte avec Mme Philips. Un peu en retrait, Virginia entendit derrière elle Stanley lui dire :

— Au revoir.

Confuse, elle se retourna.

— Oh, au revoir !

Elle lui tendit la main mais il ignora son geste, comme s'il ne le voyait pas.

— Merci de m'avoir permis de découvrir *Penfolda*.

— Ce fut un plaisir. Il faudra revenir.

Tout au long de la route, elle se répéta ces paroles et s'en réjouit, les considérant comme un merveilleux cadeau. Mais elle n'était jamais revenue à *Penfolda* avant cet après-midi de juillet d'une bouleversante beauté. Les routes étaient bordées de coucous et de pas-d'âne d'un jaune éclatant, auquel s'alliait l'or des genêts. Au sommet des falaises, le vert des fougères se détachait sur le bleu jacinthe de la mer.

Pendant toute la matinée, elle avait oublié ces dons du ciel tant elle avait été préoccupée par des questions matérielles. Mais maintenant, ils s'imposaient et accompagnaient ses retrouvailles avec Stanley Philips. Elle se souvint des signaux lumineux du phare sur la mer noire et de cette exaltation irraisonnée, de cette curieuse attente qui lui avaient réchauffé le cœur.

« Mais tu n'as plus dix-sept ans, se dit-elle. Tu es une femme de vingt-sept ans, indépendante, mère de deux enfants, propriétaire d'une voiture et d'une maison en Écosse. La vie ne peut plus te réserver ce genre de surprises. Tout est différent. Tout change. »

A l'endroit où le sentier commençait à descendre vers la ferme se dressait une plate-forme de bois pour les bidons de lait. Murs de pierre et aubépines tordues par les vents d'hiver accentuaient l'étroitesse du chemin. A l'angle de la maison, deux colleys blanc et noir apparurent en aboyant et effarouchèrent les poules brunes qui détalèrent, caquetantes et effrayées.

Stanley se gara à l'ombre de la grange, descendit de voiture et écarta gentiment les chiens tandis que Virginia se rangeait derrière la Land Rover. Dès qu'elle sortit de la Triumph, les colleys s'élancèrent vers elle, aboyant, sautant, cherchant à lui lécher le visage.

— Du calme, les chiens ! Du calme ! s'écria Stanley.

— Ils ne me dérangent pas.

Virginia caressa leurs fines têtes.

— Comment s'appellent-ils ?

— Celui-là, c'est Beaker, l'autre, Ben... Taisez-vous les petits monstres ! Ils sont toujours comme ça, je dois dire.

Énergique et d'humeur légère, il semblait qu'en cours de route il eût décidé de ne pas laisser Virginia pleurer Anthony Keile. Ce ne serait pas un jour de deuil, et, pour sa part, Virginia ne demandait qu'à suivre cette décision favorisée par l'accueil bruyant des chiens. Le plus naturellement du monde, ils se dirigèrent tous ensemble vers la ferme.

Elle retrouva les poutres, le dallage d'ardoise, les nattes multicolores. Rien n'avait changé.

— Je me souviens bien de cette maison, dit-elle.

L'odeur des pâtés en croûte lui mit l'eau à la bouche, et elle suivit Stanley qui prit un gant de cuisine au passage et s'accroupit afin de jeter un coup d'œil dans le four.

Virginia s'inquiéta :

— J'espère qu'ils n'ont pas brûlé.

— Ils sont à point, dit-il.

Puis il referma le four et se releva.

— C'est vous qui les avez faits ?

— Moi ! Vous plaisantez !

— Alors, qui ?

— Mme Thomas, la gouvernante... Vous voulez boire quelque chose ?

Stanley ouvrit le réfrigérateur et prit une bière.

— Non, merci, lui répondit Virginia.

Il sourit.

— Je n'ai pas de Coca.

— Ça ne fait rien. Je n'ai pas soif.

Elle regardait autour d'elle en souhaitant qu'aucune modification n'eût été apportée dans cette merveilleuse cuisine. Mais tout rejoignait parfaitement ses souvenirs. On n'avait pas changé les meubles de place ni repeint les murs. La table allait

67

toujours jusqu'à l'embrasure de la fenêtre décorée de géraniums et la porcelaine brillait encore sur le vaisselier. Virginia retrouvait ce qu'elle avait admiré dix ans plus tôt : le modèle même d'une vraie cuisine, pièce centrale d'une maison, cœur du foyer.

Lorsque avant de s'installer à *Kirkton*, ils avaient tout refait, de la cave au grenier, elle avait essayé de recréer la cuisine de *Penfolda*, confortable, accueillante, lieu de réunion familiale où l'on pouvait avec plaisir boire un thé ou venir bavarder autour de la grande table rustique.

Mais Anthony ne l'avait pas suivie.

— Qui voudra se tenir dans la cuisine ?

— Tout le monde ! Dans une ferme, la cuisine est comme un salon.

— Eh bien, pas à mes yeux !

Et Anthony avait équipé la cuisine de Formica, d'acier inoxydable et d'un sol à carreaux noirs et blancs qui se marquait très vite et ne paraissait jamais net.

Appuyée à la table, Virginia exprima sa satisfaction :

— Rien n'a changé. Tant mieux ! J'ai eu peur de ne plus retrouver la même pièce.

— Pourquoi vouliez-vous que ça change ?

— Je ne sais pas. C'était simplement une appréhension. Vous savez, Stanley, la vie est un perpétuel changement. Alice m'a dit que vous aviez perdu votre mère...

— Oui. Il y a deux ans. Elle a fait une chute. Puis elle a attrapé une pneumonie.

Après avoir rempli son verre, il jeta la canette vide dans une poubelle, se retourna, cala ses reins contre le bord de l'évier et lui demanda d'une voix neutre, sans la moindre trace de sarcasme ou de désapprobation.

— Comment va votre mère ?

— Elle est morte, Stanley. Deux ans après mon mariage, elle a été atteinte d'une grave maladie qui a duré des années. C'était terrible. Et compliqué, parce qu'elle habitait Londres, moi, *Kirkton*, et je ne pouvais être quotidiennement avec elle.

— Vous étiez peut-être sa seule famille.

— Oui. Ce qui, évidemment, n'arrangeait rien. J'allais la voir le plus souvent possible. Puis, finalement, nous avons dû la faire venir en Écosse et, dans les dernières semaines, la mettre dans une maison de santé, à Relkirk, où elle est morte.

— C'est une triste fin...

— D'autant plus qu'elle était encore jeune. C'est curieux, la mort d'une mère... Ça vous rend adulte tout d'un coup. Du moins est-ce vrai pour certaines personnes. J'imagine que vous, vous n'aviez pas attendu la disparition de votre mère pour devenir adulte.

— En ce qui me concerne, je ne saurais pas vous répondre. Mais je vois ce que vous voulez dire.

— Enfin, laissons ces événements douloureux. Racontez-moi ce que vous devenez. Parlez-moi de Mme Thomas. Alice Lingard pense que vous avez soit une maîtresse qui vous fait le ménage, soit une gouvernante... séduisante. Je suis curieuse de voir cette personne.

— Il vous faudra patienter. Elle est allée chez sa sœur à Penzance.

— Elle vit à *Penfolda* ?

— Oui. Dans le cottage, de l'autre côté de la ferme. A l'origine, il y avait trois habitations séparées. Trois familles cultivaient quelques arpents de terre, élevaient quelques vaches pour le lait et envoyaient leurs fils à la mine d'étain pour être sûres de boucler les fins de mois.

— Il y a deux jours, je suis venue jusqu'à Lanyon, je me suis assise sur la colline et j'ai regardé les gens qui travaillaient dans les champs, en pensant que vous étiez peut-être parmi eux.

— Ça devait être le cas.

— Je pensais aussi que vous étiez marié.

— Non. Je ne suis pas marié.

— Je le sais. Alice me l'a dit.

Ayant bu sa bière, Stanley prit des couverts et commença à mettre la table. Virginia l'arrêta.

— Il fait si beau ! On ne pourrait pas déjeuner dans le jardin ?

Il eut un air effaré mais accepta, trouva un panier pour les couverts, la vaisselle, les verres, le sel et le poivre, sortit les pâtés du four, les mit sur un grand plat fleuri et conduisit son invitée dans le petit jardin en désordre. Le gazon avait besoin d'être tondu, les roses trémières débordaient des plates-bandes et une banderole de draps et de taies d'oreillers immaculés claquait au vent.

En l'absence de meubles de jardin, ils s'assirent sur l'herbe parsemée de marguerites et de plantain et disposèrent devant eux la vaisselle du pique-nique et le plat avec les pâtés.

Virginia les trouva énormes, mangea la moitié du sien pour finir par s'avouer vaincue alors que Stanley, appuyé sur un coude, avait déjà terminé le sien.

— Je n'en peux plus. Je vous donne l'autre moitié.

Il accepta et, calmement, enfonça sa fourchette dans le pâté.

— Si je n'étais pas affamé, dit-il, la bouche pleine, je vous obligerais à le finir. Vous avez besoin de prendre un peu de poids.

— Je n'ai pas l'intention de grossir.

— Pourtant, vous êtes trop maigre. Vous avez beaucoup maigri. On a l'impression que le moindre souffle d'air pourrait vous emporter. Et vous avez coupé vos cheveux ! Ils étaient longs. Ils descendaient jusqu'au milieu du dos et flottaient dans le vent.

Il lui saisit le poignet entre le pouce et l'index.

— Il ne reste plus rien de vous !

— C'est peut-être à cause de la grippe.

— Mais comment n'êtes-vous pas devenue énorme après toutes ces années de porridge, de harengs et de *haggis* ?

— Vous croyez qu'en Écosse tout le monde se nourrit de panse de brebis farcie ?

— C'est ce que l'on prétend.

Il lâcha son poignet, termina tranquillement son pâté puis remit tout dans le panier et se leva, en demandant à Virginia de ne pas bouger. Allongée sur l'herbe, elle regarda le toit d'ardoise de la grange, sur lequel des mouettes venaient se percher, puis elle suivit le glissement rapide des légers nuages de beau temps dans le ciel.

Stanley revint en apportant des cigarettes, des pommes et un thermos de thé. Il offrit un fruit à Virginia et s'assit à côté d'elle.

— Parlez-moi de l'Écosse.

Virginia fit tourner la pomme fraîche entre ses mains.

— Que voulez-vous savoir ?

— Ce que faisait votre mari, par exemple.

— C'est-à-dire ?

— Il ne travaillait pas ?

— Si. Sur le domaine... dont il avait hérité.

— *Kirkton* ?

— Oui. Il lui venait d'un oncle. Il y a une grande maison et mille hectares de terrain. Dès que la maison a été rénovée, il s'est occupé de la terre. Enfin... il est devenu un gentleman-farmer... Il y avait déjà un intendant, M. McGregor, qui a continué à faire l'essentiel du travail. Mais Anthony trouvait toujours une occupation. Je veux dire, ajouta-t-elle en cherchant ses mots, qu'il... était finalement toujours pris par une activité ou une autre.

En fait, il chassait cinq jours par semaine, quand la chasse était ouverte, pêchait, jouait au golf, allait vers le nord pour la chasse à l'approche, passait à Saint-Moritz deux mois en hiver. Mais à quoi bon essayer de parler d'Anthony Keile à un homme, comme Stanley Philips, qui appartenait à un autre univers ?

— Et où en est le domaine, maintenant ?

— L'intendant s'en occupe.

— Et la maison ?

— Elle est vide. Enfin elle est meublée mais personne n'y vit.

— Allez-vous retourner dans cette maison vide ?

— Sans doute. Un jour ou l'autre.

— Vous m'avez dit que les enfants étaient à Londres avec votre belle-mère. Pourquoi ne sont-ils pas ici, avec vous ?

Il se voulait simplement curieux et non critique.

— Quand Alice m'a écrit en me demandant de venir, elle n'a pas parlé des enfants, et je n'ai pas soulevé le problème.

— C'eût été un problème ?

— Oh, je ne sais pas...

D'un ton qui lui parut, à elle-même, peu convaincant, Virginia expliqua :

— Alice n'a jamais eu d'enfant. Sa maison n'est pas faite pour les enfants. C'est une sorte d'œuvre d'art, pleine de choses fragiles. Alors, vous comprenez...

— Pas vraiment, mais continuez.

— De toute façon, lady Keile aime les avoir avec elle.

— Lady Keile ?

— La mère d'Anthony. Et la nurse se plaît chez elle parce que autrefois elle y travaillait. Elle a élevé Anthony avant d'élever mes enfants.

— Je croyais qu'ils étaient déjà grands.

— Cara a huit ans et Nicholas, six ans.

— On a besoin d'une nurse à ces âges-là ? Vous ne pouvez pas vous occuper d'eux vous-même ?

C'était une question que Virginia se posait depuis des années. Mais que Stanley la formule ainsi, sans ménagement, lui inspira une désapprobation aussi vive que contradictoire.

— Que voulez-vous dire ?

— Ma question est claire... Il n'y a pas de sous-entendus.

— Mais je m'occupe d'eux ! Je les vois tout le temps.

— Écoutez, ces enfants viennent de perdre leur père, et je pense qu'ils ont besoin de leur mère et non d'une grand-mère, flanquée d'une nurse âgée que vous n'avez même pas choisie. Ils doivent se croire complètement abandonnés.

— Ça m'étonnerait.

— Si vous êtes tellement sûre de vous, pourquoi devenez-vous si nerveuse ?

— Je n'aime pas votre façon de vous occuper de ce qui ne vous concerne pas. D'autant plus que vous ne connaissez pas la situation.

— Mais vous, je vous connais.

— Vous me connaissez ? Vraiment ?

— Je n'ignore pas à quel point vous êtes influençable.

— Et qui m'influence ?

— Je ne sais pas tout. Mais je peux, en tout cas, parler de votre belle-mère sans risquer de me tromper.

Elle s'étonnait de sentir que la colère le gagnait à son tour.

— Cette femme a repris le rôle de votre mère, ajouta-t-il.

— Laissez ma mère tranquille !

— J'ai raison, n'est-ce pas ?

— Non !

— Alors faites venir vos enfants ! C'est inhumain de les laisser à Londres avec un temps pareil. Ils pourraient courir sur la plage, à travers champs, sous le soleil. Attrapez votre téléphone, appelez votre belle-mère et dites-lui de les mettre dans le train. Et si Alice Lingard a peur pour ses bibelots, louez des chambres dans un pub ou une villa.

— C'est exactement ce que j'ai l'intention de faire, figurez-vous. Je n'avais pas besoin de vos conseils.

— Eh bien, n'attendez plus ! Prospectez !

— J'ai déjà commencé.

Il resta un instant silencieux. « Je lui ai coupé l'herbe sous le pied », pensa-t-elle, satisfaite.

Mais son mutisme fut bref.

— Avez-vous trouvé quelque chose ? demanda-t-il.

— J'ai visité une maison, ce matin, mais ça n'ira pas.

— Où ?

— Ici. A Lanyon.

Il attendit plus de précisions, et elle ajouta d'un ton agacé :

— C'était *Bosithick*. Maintenant, vous savez tout.

— *Bosithick* ! Mais c'est une merveilleuse villa !

— Merveilleuse ? Plutôt épouvantable...

Il parut suffoqué.

— Vous parlez bien de la villa sur la colline où a vécu Aubrey Crane ? Celle qu'une vieille tante a léguée aux Kernow ?

— Absolument. Et je la trouve trop bizarre pour m'y installer.

— Pourquoi bizarre ? Vous la croyez hantée ?

— Je ne sais pas. Mais elle me donne la chair de poule.

— Oh, si c'est le fantôme d'Aubrey Crane qui s'y promène, vous ne risquez pas de vous ennuyer ! Ma mère se souvenait bien de lui. Elle m'en parlait comme d'un homme charmant. Qui aimait beaucoup les enfants.

Stanley ne désarmait pas.

— Peu importe ce qu'il était. Je ne louerai pas cette villa.

— Pourquoi ?

— C'est comme ça.

— Donnez-moi trois bonnes raisons.

Virginia perdit patience.

— Oh, pour l'amour du ciel...

Elle s'apprêta à se lever. Mais la réaction de Stanley fut instantanée : il l'attrapa par le poignet et la fit se rasseoir. Furieuse, elle dut affronter son regard glacial.

— Trois bonnes raisons, répéta-t-il.

Elle regarda la main qui lui tenait le poignet, mais il ne la lâcha pas, et devant tant de détermination elle céda :

— Il n'y a pas de réfrigérateur.

— Je vous en prêterai un. Deuxième raison...

— Je vous l'ai dit, il y a une drôle d'atmosphère. Les enfants n'ont jamais vécu dans un endroit pareil. Ils auront peur.

— Seulement s'ils ont la cervelle d'oiseau de leur mère. Troisième raison...

Virginia chercha désespérément la justification ultime, définitive, qui parviendrait à convaincre Stanley de sa répulsion à l'égard de la petite maison sur la colline. Mais il ne lui vint à l'esprit qu'une suite d'excuses toutes plus plates les unes que les autres.

— C'est trop petit. C'est sale. Il n'y a rien pour faire la lessive. Je ne sais même pas s'il y a un fer à repasser et une tondeuse à gazon. Le jardin est inexistant. Et l'ameublement est sinistre et...

Il l'interrompit.

— Vous savez très bien que ça ne veut rien dire, tout ça ! Ce ne sont que des prétextes.

— Des prétextes ?

— Oui. Pour vous éviter une altercation avec

78

votre belle-mère et la vieille nurse au sujet des enfants.

La rage l'étouffa. Elle sentit le sang lui monter à la tête, se mit à trembler, mais ce qui n'était que trop visible n'arrêta pas Stanley. Elle l'entendit formuler tout ce qu'elle souhaitait depuis des années sans avoir le cran d'agir en conséquence.

— A mon avis, dit-il placidement, vous vous préoccupez très peu de vos enfants. Vous n'avez pas envie qu'ils vous encombrent. Vous avez toujours eu quelqu'un pour faire la lessive, le repassage, et vous n'avez pas l'intention de vous mettre ça sur le dos ! Et puis il faudrait les emmener en pique-nique, leur lire des histoires, les aider à s'endormir. *Bosithick* n'a rien à voir dans tout ça. N'importe où vous trouveriez quelque chose qui ne va pas. Ce qu'il vous faut, ce sont des excuses pour ne pas vous avouer que vous n'avez pas envie de vous occuper de vos enfants.

Elle n'avait pas attendu la fin de la phrase pour s'arracher à sa poigne et se lever d'un bond.

— C'est faux ! s'écria-t-elle. Je veux qu'ils viennent. C'est mon plus cher désir depuis que je suis arrivée !

— Eh bien, qu'attendez-vous ?

Il s'était également levé et, séparés par trois brins d'herbe, ils s'invectivaient à voix forte, furieux l'un contre l'autre.

— C'est ce que je vais faire ! C'est très exactement ce que je vais faire !

— Je vous croirai quand vous passerez à l'action.

Elle tourna les talons et s'enfuit vers sa voiture. Mais à peine fut-elle installée au volant qu'elle se souvint d'avoir laissé son sac dans la cuisine. En larmes, elle ressortit de la Triumph, se précipita à l'intérieur de la ferme, prit son sac et remonta en voiture avant que Stanley eût le temps de l'arrêter. Hors d'elle, Virginia manœuvra dangereusement dans la cour, puis s'engagea dans le chemin étroit en faisant ronfler le moteur, ses roues arrière projetant une giclée de gravier.

— Virginia !

A travers ses larmes, elle vit dans le rétroviseur la silhouette de Stanley, appuya sur l'accélérateur et, un peu plus loin, s'engagea sur la route sans marquer le moindre temps d'arrêt. Elle eut la chance de ne rencontrer aucun véhicule. La voie était libre, mais pas un instant elle ne prit la peine de ralentir en cours de route. Elle traversa Porthkerris à vive allure, s'attaqua à la colline à l'autre bout de la ville, se gara sur le passage piétonnier et s'engouffra dans les bureaux du notaire.

Effarés, M. Williams et sa cliente restèrent bouche bée devant son intrusion. Puis, sortant de sa stupeur, le notaire se leva.

— Madame Keile !

80

Avant qu'il pût dire un autre mot, Virginia lança les clefs de *Bosithick* sur son bureau et annonça :

— Je signe tout de suite. Dès que mes enfants seront ici, nous nous y installerons.

4

Alice exprima sa désapprobation :

— Je suis désolée, Virginia, mais à mon avis tu fais une grosse erreur. C'est d'ailleurs la faute classique que nous fait commettre la solitude. Tu as cédé à une impulsion. Tu n'as pas vraiment réfléchi...

— Oh, si !

— Mais enfin, les enfants sont bien où ils sont. Entre la nurse et ta belle-mère, ils se sentent en sécurité. C'est un prolongement de leur vie à *Kirkton*, en dépit de la mort de leur père. Si des changements doivent advenir, il faut au moins qu'ils soient progressifs. Laisse leur le temps de s'adapter.

— Ce sont mes enfants, Alice.

— Certes, mais tu ne t'en es jamais occupée toi-même, à l'exception des rares fois où leur nurse a accepté de prendre quelques vacances. Ils vont t'épuiser, Virginia. Tu n'as pas encore retrouvé toutes tes forces. Aurais-tu oublié que tu es venue ici pour te remettre de cette mauvaise grippe et d'un événement très douloureux ? Ne te prive pas d'un peu de tranquillité d'esprit. Tu auras besoin d'être en forme pour retourner à *Kirkton* et apprendre à vivre sans Anthony.

— Pour l'instant, je ne vais pas à *Kirkton* mais à *Bosithick*. J'ai déjà payé une semaine de loyer.

L'expression d'Alice changea : la patience cédait la place à l'exaspération.

— C'est vraiment ridicule ! Écoute, si tu tiens tant à faire venir les enfants, qu'ils viennent habiter ici ! Mais pas sans la nurse.

La veille encore, la proposition d'Alice eût été tentante, mais désormais Virginia avait d'autres idées en tête.

— Ma décision est prise, dit-elle.

— Tu aurais pu me prévenir. Nous aurions discuté de ça ensemble. Pourquoi n'as-tu rien dit ?

— C'était un problème personnel.

— Et où se trouve cette maison ?

— Sur la route de Lanyon. Ou presque. En fait, on ne la voit pas de la route. Elle a une sorte de tour...

— Tu parles de la villa où a vécu Aubrey Crane ? Mais c'est sinistre ! Il n'y a que la lande, le vent et les falaises. Tu seras complètement isolée.

Virginia chercha à plaisanter.

— Il faudra venir nous voir pour t'assurer que nous ne devenons pas fous.

Alice n'eut pas envie de rire. Devant ses sourcils froncés, ses lèvres pincées, Virginia crut revoir sa mère. Alice semblait en tout cas jouer soudain le rôle d'une femme beaucoup plus âgée, une femme d'une autre génération qui désapprouvait la conduite de sa jeune invitée. Mais était-ce une attitude si surprenante ? La différence d'âge entre elle et Virginia était réelle et, d'autre part, sans enfant, elle n'avait pas eu l'occasion d'assouplir des positions devenues rigides avec le temps.

— Je ne cherche pas à m'immiscer dans ta vie, expliqua-t-elle finalement. Mais je t'ai vue naître, et je ne peux pas rester sans réaction quand tu commets une folie.

— C'est une folie de vouloir passer des vacances avec ses enfants ?

— Il s'agit d'autre chose, Virginia, et tu le sais bien. Si tu enlèves les enfants à ta belle-mère et à la nurse sans leur accord — et cela risque fort de se passer ainsi —, tu vas provoquer un drame.

— Je le sais.

— Mme Briggs va être outragée et rendra son tablier.

— Sans doute...

— Ta belle-mère cherchera à te mettre des bâtons dans les roues.

— Je le présume.

On eût dit qu'Alice regardait une étrangère. Mais

brusquement, elle secoua la tête et se mit à rire, comme si elle se moquait de son impuissance.

— Je ne comprends pas. D'où te vient cette soudaine détermination ?

Virginia n'avait pas parlé de sa rencontre avec Stanley Philips et n'entendait pas le faire.

— Je n'en sais rien, dit-elle. Il ne s'est rien passé de particulier.

— Ce doit être l'air de la mer. C'est fou l'effet qu'il peut produire sur les gens de la ville.

Alice ramassa un journal qui était tombé par terre et le plia avec soin.

— Quand vas-tu à Londres ?

— Demain.

— Tu as prévenu lady Keile ?

— Je lui téléphonerai ce soir... Ne m'en veux pas, Alice. Je te remercie de ta gentillesse.

— Je n'ai pas été gentille mais critique et j'ai exprimé ma désapprobation. Je te considère, je dois l'avouer, comme quelqu'un de très jeune et désarmé. Je me sens responsable de toi.

— J'ai vingt-sept ans. Je ne suis pas désarmée. Et je peux me prendre en charge.

Ce fut la nurse qui décrocha le téléphone.

— Oui ?

— Madame Briggs ?

— Oui.

— C'est Madame Keile.

— Oh, bonsoir ! Souhaitez-vous parler à lady Keile ?

— Elle est là ?

— Un instant. Je vais la chercher.

— Madame Briggs...

— Oui.

— Comment vont les enfants ?

— Très bien. Ils se plaisent ici.

Mme Briggs s'empressa de préciser, au cas où Virginia aurait demandé à leur parler :

— Ils viennent d'aller se coucher.

— Il fait chaud ?

— Oh, oui ! Mais c'est agréable. Je vais prévenir lady Keile.

Virginia l'entendit reposer le combiné, traverser le hall et appeler lady Keile.

L'estomac noué, Virginia attendit en se disant que, eût-elle été portée sur la boisson, elle aurait avalé d'un trait un grand verre de whisky. Puis elle perçut d'autres pas, secs, vifs, immédiatement reconnaissables. On reprit l'appareil.

— Virginia...

— Oui, c'est moi.

Elle se retrouva confrontée avec l'éternel inconfort de ces conversations où elle se refusait à appeler « Mère » — comme le lui avait suggéré lady Keile — une femme qu'elle eût préféré appeler

LA MAISON ABANDONNÉE

par son patronyme. Mais incapable de s'y résoudre, elle s'en tenait à des «Vous» conventionnels et n'utilisait que cartes postales ou télégrammes lorsqu'une correspondance était échangée.

— Je suis ravie de vous entendre, ma chère. Comment allez-vous ?

— Très bien.

— Et le temps ? Il me semble que vous avez une vague de chaleur.

— Oui. C'est incroyable. Écoutez...

— Alice va bien ?

— Oui. Très bien.

— Nos chers petits ont nagé aujourd'hui dans la piscine des Turner qui avaient invité les enfants à passer l'après-midi dans leur jardin. C'est dommage qu'ils soient déjà au lit. Pourquoi n'avez-vous pas appelé plus tôt ?

— J'ai quelque chose à vous dire.

— Oui ?

Les doigts douloureusement crispés sur le téléphone, Virginia se lança à l'eau :

— J'ai réussi à trouver une petite villa dans la région, près de la mer, et j'ai pensé que ce serait agréable pour les enfants de venir me rejoindre et de passer le reste des vacances avec moi.

Elle marqua une pause, attendit un commentaire, mais lady Keile resta muette.

— Je dois dire, reprit-elle, que je me sens un peu coupable de profiter d'un tel beau temps sans les enfants... Ça ne leur ferait pas de mal de prendre un peu l'air avant de retourner à l'école.

Lady Keile eut enfin une réaction.

— Vous me parlez d'une location. Mais je croyais que vous étiez descendue chez Alice Lingard.

— Je suis effectivement chez Alice, d'où je vous appelle. Mais j'ai loué une villa.

— Je ne comprends pas.

— Écoutez, je veux que les enfants passent le reste de leurs vacances avec moi. Demain je prends le train pour venir les chercher.

— Quel genre de villa est-ce ?

— Oh, c'est une petite maison de vacances ! Toute simple.

Virginia poussa un soupir de soulagement lorsqu'elle entendit :

— Eh bien, si vous voyez les choses ainsi...

Mais déjà lady Keile ajoutait :

— Mme Briggs n'a pas de chance. Pour une fois qu'elle pouvait revoir ses vieux amis londoniens...

Virginia repartit à l'attaque :

— Mme Briggs peut rester à Londres.

— Pardon ? La ligne n'est pas très bonne... Avez-vous dit que Mme Briggs pouvait rester ici ?

— Oui. Je m'occuperai des enfants moi-même. De toute façon, il n'y a pas de chambre pour elle.

Et puis la maison est très isolée, elle ne serait pas du tout à son aise.

— Dois-je comprendre que vous enlevez les enfants à leur nurse ?

— Exactement.

— Elle va être extrêmement peinée.

— Je le crains, mais...

La voix de lady Keile refléta son désarroi et son agacement :

— Virginia, il faut que nous parlions de vive voix !

Il était facile d'imaginer la nurse sur le palier du premier étage, l'oreille tendue pour écouter une conversation tronquée.

— Je serai à Londres demain. Je viendrai vous voir vers trois heures. Nous pourrons revenir sur cette discussion.

— Cela vaudrait mieux, oui.

Lady Keile raccrocha.

Le lendemain matin, Virginia alla à Penzance, laissa sa voiture au parking de la gare, et prit le train pour Londres, tandis qu'il commençait déjà à faire chaud sous un ciel sans nuage. N'ayant pas eu le temps de réserver, elle donna un pourboire royal à un porteur en espérant qu'il lui trouverait une place confortable. Mais il ne dénicha qu'un coin-fenêtre dans un compartiment bondé. Les autres passagers venaient de terminer leurs vacances et acceptaient de mauvaise grâce de quitter la mer et la plage.

Il y avait toute une famille, composée du père, de la mère et de deux enfants, dont un bébé. Le bébé en sueur dormait dans les bras de sa mère, l'aîné menaçait de s'agiter. Quand le soleil s'approcha du zénith, indisposé par la chaleur, il se mit à geindre, à gémir continuellement, à marcher avec ses sandales maculées de poussière sur les pieds de Virginia à chaque fois qu'il voulait regarder par la fenêtre. Cherchant à l'apaiser, son père lui acheta une bouteille de jus d'orange. Déséquilibré par les cahots du train, le garçon la renversa sur la robe de Virginia.

La mère sursauta et donna une fessée à l'enfant qui hurla et réveilla le bébé dont les cris s'ajoutèrent aux siens.

— Regarde ce que tu as fait ! lança le père.

Soucieux de manifester son autorité, il secoua le garçonnet tandis que Virginia épongeait les taches sur sa robe, en affirmant que l'enfant n'était pas responsable.

— Et ce n'est vraiment pas grave, ajouta-t-elle.

Les hurlements se transformèrent finalement en sanglots saccadés comme des hoquets. Un biberon fit taire le bébé. Mais quelques instants plus tard, cessant de téter, il se débattit pour se redresser et vomit.

Virginia alluma une cigarette, le regard fixé sur le paysage et pria : « Mon Dieu, faites que Cara et

Nicholasne ressemblent jamais à ces enfants. Épargnez-moi ce genre de voyage ou je deviendrai folle. »

En arrivant à Londres, elle eut la sensation d'étouffer. Paddington ressemblait à une grande caverne sonore, qu'une foule pressée traversait dans tous les sens. Sa valise à la main, la robe tachée, poisseuse et froissée, Virginia commença par se précipiter vers un guichet où, tel un agent secret cherchant à assurer sa fuite, elle réserva pour le lendemain matin trois places dans le train de Penzance. Puis elle alla prendre sa place dans la file des voyageurs qui attendaient un taxi.

Quand son tour arriva enfin, elle indiqua au chauffeur l'adresse de lady Keile :

— 32, Melton Gardens. Kensington.

Sur l'herbe jaunie de Kensington Park, des familles pique-niquaient, des enfants jouaient à demi nus, des couples s'enlaçaient à l'ombre des arbres. Dans Brompton Road, des jardinières fleuries épanouissaient leurs couleurs éclatantes et des vitrines présentaient des vêtements de « croisière », tandis que le flot humain de la première heure de pointe s'engouffrait dans la station de métro de Knightsbridge.

Le taxi s'engagea dans un périmètre de petits squares tranquilles, derrière Kensington High Street, emprunta des rues étroites, bordées de voitures en stationnement et tourna finalement dans Melton Gardens.

— C'est la maison à la hauteur de la boîte à lettres, indiqua Virginia.

Le chauffeur s'arrêta. Virginia sortit du taxi, posa sa valise sur le trottoir, ouvrit son sac, et paya le conducteur.

— Merci beaucoup, dit-il.

Virginia prit sa valise et se dirigea vers la maison. La porte laquée de noir s'ouvrit aussitôt et lady Keile apparut, grande, mince, extrêmement belle, fraîche et impeccable malgré la chaleur.

Virginia monta les marches du perron.

— Vous avez deviné le moment précis de mon arrivée ! C'est extraordinaire.

— J'ai vu le taxi par la fenêtre du salon.

Lady Keile souriait aimablement. Mais il y avait en elle la fermeté d'une directrice de clinique psychiatrique qui accueille un nouveau patient. Les deux femmes se donnèrent l'accolade plus qu'elles ne s'embrassèrent.

— Le voyage a été pénible ?

Lady Keile referma la porte derrière elles. Dans la fraîcheur du hall, aux teintes pastel, on respirait une odeur de cire et de roses, et l'on pouvait voir, au-delà d'une porte vitrée, le jardin avec son châtaignier et la balançoire des enfants.

— Oh, oui ! Épouvantable ! répondit Virginia. Un insupportable gamin a renversé son jus d'orange sur ma robe. Je me sens encore toute poisseuse... Où sont les enfants ?

92

Lady Keile était déjà en train de monter au premier étage.

— Ils sont avec leur nurse. J'ai pensé que ce serait préférable de les éloigner pendant un petit moment. Nous aurons ainsi le temps de nous expliquer.

Virginia la suivit sans rien dire. Sur le palier, lady Keile se dirigea vers le salon où, en dépit de son anxiété, Virginia fut, une fois de plus, éblouie par la beauté intemporelle du décor, les proportions parfaites des fenêtres et la finesse des voilages qu'une légère brise faisait frémir. Il y avait aussi de grands miroirs qui reflétaient le soleil et renvoyaient des images de meubles anciens, de vitrines pleines d'assiettes en porcelaine de Saxe bleu et blanc, et de ces merveilleux bouquets de fleurs qu'affectionnait lady Keile.

Elle invita Virginia à s'asseoir et elle-même prit place sur une chaise aux confortables accoudoirs, sans se départir de sa raideur.

Assise sur le bord du sofa, Virginia avait la déplaisante sensation d'être une domestique venue solliciter un emploi.

— Nous n'avons pas à mener de discussion particulière, dit-elle.

— Il me semblait vous avoir mal comprise, hier soir.

— Je ne le pense pas. Il y a deux jours, j'ai décidé de faire venir les enfants. Il m'a semblé ridicule de les laisser à Londres pendant tout l'été. Je suis donc allée voir un notaire et j'ai trouvé une petite villa à louer. Le loyer est payé. J'ai les clefs. Je peux m'y installer immédiatement.

— Alice est au courant ?

— Bien entendu. Elle m'a offert d'accueillir les enfants chez elle, mais j'avais déjà donné ma réponse au notaire.

— Voyons, Virginia, ne me dites pas que vous voulez les prendre sans leur nurse.

— Mais si !

— Vous n'arriverez pas à vous débrouiller seule.

— Il faut bien que je commence un jour.

— En somme, vous voulez les enfants pour vous.

— Oui.

— N'est-ce pas égoïste ?

— Égoïste ?

— Vous pensez à vous, et non aux enfants.

— Je pense à moi, sans doute, mais à eux, également.

— Non, vous vous leurrez. Ils ont besoin de leur nurse.

— Vous lui avez parlé ?

— Bien sûr. Je lui ai expliqué ce que j'avais cru comprendre. Néanmoins, j'espérais vous faire changer d'avis.

94

— Quelle a été sa réaction ?

— Elle n'a pratiquement rien dit. Mais je l'ai sentie très contrariée.

— Je n'en doute pas.

— Il faut penser à elle, Virginia. Les enfants sont toute sa vie.

— Avec la meilleure volonté du monde, je ne parviens pas à comprendre la place que vous lui accordez.

— Mais elle fait partie de la famille depuis des années. Depuis la plus tendre enfance d'Anthony. Et puis elle s'est occupée de vos enfants. Elle leur a sacrifié sa vie. Vous ne pouvez pas ignorer la place qu'elle tient dans la famille.

— Vous oubliez qu'elle n'a pas été ma nurse. Elle n'était pas auprès de moi quand j'étais petite. Je ne la vois pas comme vous la voyez.

— Dois-je comprendre que vous n'éprouvez envers elle aucune reconnaissance particulière ? Elle a élevé vos enfants pendant huit ans. Vous avez passé toutes ces années, ensemble, à *Kirkton*, et vous ne craignez pas d'être déloyale envers elle ? J'avoue que vous m'étonnez. J'avais toujours cru que vous vous entendiez parfaitement bien.

— Vous avez pu le croire parce que j'étais très conciliante avec elle. Pour avoir la paix, je lui ai cédé sur une foule de petites choses. Autrement, elle était capable de me faire la tête pendant des jours, et je trouvais ça insupportable.

95

— J'ai toujours pensé que vous étiez la maîtresse de votre propre maison.

— Vous vous trompiez. Et si je m'étais décidée à une mise au point, Anthony serait intervenu. Il ne voyait que par les yeux de sa chère nounou.

L'évocation de son fils fit pâlir lady Keile. Les épaules très droites, les mains serrées sur ses genoux, elle remarqua d'une voix glaciale :

— Je suppose que vous souhaitez maintenant vous passer d'elle...

Virginia éprouva aussitôt des remords.

— Ce n'est pas ce que j'ai dit. Mais désormais je suis seule. Je n'ai plus que les enfants. Et j'ai besoin d'eux. J'ai terriblement besoin d'eux. Ils m'ont énormément manqué depuis que je les ai quittés.

Dehors, de l'autre côté de la rue, une voiture s'arrêta, un homme invectiva une femme qui lui répondit sur le même ton, et lady Keile se leva pour fermer la fenêtre, comme si ces éclats de voix étrangères risquaient d'être la goutte d'eau qui fait déborder le vase.

— Ils me manqueront aussi, dit-elle.

A cet instant, Virginia regretta de ne pas être plus proche de sa belle-mère. Elle eût aimé la prendre dans ses bras et lui apporter le réconfort dont elle avait besoin. Mais, au-delà du respect et de l'affection qui existaient entre elles, il n'y avait jamais eu ni amour ni familiarité.

96

— J'en suis sûre, observa Virginia. Vous avez été merveilleuse avec eux. Je suis désolée de vous les enlever.

Lady Keile se détourna de la fenêtre. L'émotion maîtrisée et le geste vif, elle tira sur le cordon de la sonnette qui pendait près de la cheminée.

— Il me semble qu'une tasse de thé nous ferait du bien.

Les enfants revinrent à cinq heures et demie. On entendit la porte d'entrée s'ouvrir et se refermer et leurs voix résonner dans le hall. Virginia posa sa tasse de thé et resta immobile, laissant lady Keile appeler Cara et Nicholas dès qu'ils passèrent devant le salon.

Elle s'était levée et avait ouvert la porte pendant qu'ils montaient l'escalier.

— Cara. Nicholas...

— Oui, grand-mère.

— Vous avez une visite.

— Qui est-ce ?

— C'est une surprise. Très agréable. Venez voir.

Beaucoup plus tard, après le bain et le dîner des enfants, Virginia, qui avait elle-même pris un bain et passé une robe de soie, monta dans la nursery avant que retentît le gong annonçant le repas.

Cherchant la nurse, elle la trouva occupée à débarrasser la table des enfants et à ranger la pièce. Il ne régnait aucun désordre particulier mais

Mme Briggs avait besoin de savoir chaque coussin à sa place sur le sofa, chaque jouet dans sa caisse, les vêtements sales dans le sac à linge, et ceux du lendemain sur une chaise afin de pouvoir s'installer devant la télévision, la conscience tranquille. Elle avait besoin d'un ordre qui s'accordât à la routine rigide qu'elle s'était inventée. Elle avait toujours respiré la propreté, la frugalité et semblait sans âge, les cheveux à peine grisonnants, noués en un chignon sur la nuque. C'était le genre de personne qui ne change pas jusqu'au jour où on la voit basculer brusquement dans la vieillesse, la sénilité et mourir peu de temps après.

Elle leva la tête quand Virginia entra dans la nursery puis détourna le regard.

— Bonjour, madame Briggs.

— Bonjour.

Devant cette froideur affichée sans réserve, Virginia referma la porte et alla s'asseoir sur le bras du sofa. Elle savait que lorsque Mme Briggs était de cette humeur, il fallait éviter de tergiverser.

— Je suis désolée... Croyez-moi, dit-elle.

— J'ignore ce dont vous parlez.

— Je parle du départ des enfants pour la Cornouailles, demain matin, avec moi. J'ai réservé leurs places. Il me semblait que lady Keile vous avait mise au courant.

Mme Briggs pliait avec application les serviettes de table.

— Elle m'a en effet parlé d'une initiative qui ne tient pas debout, mais je n'en ai pas cru mes oreilles.

— Êtes-vous fâchée parce que je vous enlève les enfants, ou parce que vous ne venez pas avec nous ?

— Fâchée ? Personne n'est fâché !

— Vous estimez donc que c'est une bonne idée ?

— Non. Mais ce que je peux penser n'a plus l'air de compter.

Elle ouvrit un des tiroirs de la table où elle rangea les serviettes et le referma d'un coup sec qui trahissait une colère mal contenue. Mais, le visage fermé, les lèvres pincées, elle s'efforça encore de garder son sang-froid.

— J'ai toujours tenu compte de ce que vous pensiez, et vous le savez. Vous avez été extrêmement dévouée. Vous estimez sans doute que je suis très ingrate. Mais les enfants ne sont plus des bébés.

— Que dois-je comprendre ?

— Eh bien, que je peux m'en occuper, maintenant...

Mme Briggs se retourna et, pour la première fois, son regard rencontra celui de Virginia. Ce face-à-face la fit rougir de colère du cou à la racine des cheveux.

— Me donneriez-vous mon congé ? demanda-t-elle.

— Je n'en avais pas l'intention. Mais, puisque

vous abordez ce sujet, laissez-moi vous dire que ce serait peut-être la meilleure chose à faire. Pour vous. Et pour moi. Mais surtout pour vous.

— Pour quelle raison ? J'ai consacré ma vie à cette famille. J'ai élevé Anthony dès sa naissance. Puis je suis venue m'occuper de vos enfants. Alors que ça n'avait jamais été dans mes intentions. Il a fallu que lady Keile m'y pousse. Je n'avais aucune envie de quitter Londres. J'ai fait un réel sacrifice, et voilà les remerciements que j'obtiens !

La voyant reprendre sa respiration, Virginia intervint :

— Madame Briggs... je crois que c'est précisément la raison pour laquelle nous devrions nous séparer maintenant. Vous vous êtes suffisamment sacrifiée. Il ne faut pas que vous retourniez en Écosse. Quittons-nous sans arrière-pensée. Vous pouvez encore vous occuper d'un bébé et vous trouverez sûrement une nouvelle petite famille que vous aimerez prendre en charge. Vous m'avez toujours dit qu'une nursery sans bébé n'est pas une nursery. Nicholas a maintenant six ans...

— Je n'aurais pas cru que j'entendrais ça un jour !

— Si vous ne souhaitez pas travailler pour quelqu'un d'autre, arrangez-vous avec lady Keile. Vous vous entendez très bien, vous aimez Londres, tous vos amis y vivent.

— Je me passerai de vos conseils, merci beaucoup. Je vous ai consacré les meilleures années de ma vie... sans attendre le moindre remerciement. Si le pauvre Anthony était encore en vie, je n'en serais pas là...

Elle continua sur ce registre un long moment. Virginia s'était assise sur le sofa et l'écoutait déverser son amertume, en se disant qu'elle ne pouvait faire moins. Tout était terminé. Elle se sentait libérée et l'essentiel était là. Mais le fait d'écouter Mme Briggs poliment représentait une marque de respect, le tribut payé par le vainqueur au vaincu après une bataille acharnée mais honorable.

Elle alla ensuite souhaiter une bonne nuit aux enfants. Nicholas dormait déjà, mais Cara lisait encore. Absorbée par sa lecture, elle leva lentement les yeux lorsque sa mère entra dans la chambre. Virginia s'assit sur le bord du lit.

— Que lis-tu ?

Cara lui montra le livre.

— *Les Chasseurs de trésor.*

— Oh, je me souviens de cette histoire. Où l'as-tu trouvée ?

— Dans la nursery.

Cara prit le temps de marquer sa page à l'aide d'un signet qu'elle-même avait confectionné au point de croix, ferma le livre et le posa sur la table de nuit.

— Tu as parlé à nounou ?

— Oui.

— Toute la journée elle a été bizarre.

— Vraiment ?

— Quelque chose ne va pas ?

Ce n'est pas facile d'être si sensible aux atmosphères lorsque l'on a huit ans, surtout si l'on est timide, pas très jolie et que l'on doit porter de petites lunettes rondes qui vous donnent l'air d'une chouette.

— Non, répondit Virginia. Il y a simplement du nouveau.

— Tu peux m'expliquer ?

— Eh bien, je repars en Cornouailles et je vous emmène avec moi. Tu es contente ?

Le visage de Cara s'éclaira.

— Tu veux dire qu'on va chez tante Alice ?

— Non. J'ai loué une maison pour nous seuls. C'est une drôle de petite villa qui s'appelle *Bosithick*. Il faudra que l'on se débrouille pour faire le ménage, la cuisine...

— Nounou ne vient pas ?

— Non. Elle reste ici.

Devant le silence de Cara, Virginia s'inquiéta :

— Ça t'ennuie ?

— Non. Mais elle sûrement. C'est pour ça qu'elle était bizarre.

— Pour elle, ce n'est pas facile. Toi et ton frère,

vous avez été ses enfants depuis votre naissance. Mais maintenant, d'une certaine façon, vous n'êtes plus faits pour elle. Comme vous n'êtes plus faits pour vos vêtements des années précédentes. Vous êtes tous les deux assez grands pour vous passer d'une nounou.

— Elle ne va plus vivre avec nous ?

— Non.

— Où elle vivra ?

— Elle cherchera peut-être une autre famille avec un bébé. Ou bien, elle restera avec grand-mère.

— Elle aime Londres. Elle me l'a dit. Elle préfère être ici qu'en Écosse.

— Tu vois bien qu'il faut qu'elle change !

Cara réfléchit quelques instants puis demanda :

— Quand on part en Cornouailles ?

— Je te l'ai dit. Demain. Par le train.

Mais Cara aimait la précision.

— A quelle heure ?

— Vers neuf heures et demie, nous prendrons un taxi pour aller à la gare.

— Quand on retourne à *Kirkton* ?

— A la fin des vacances, quand il faudra reprendre l'école.

Cara resta silencieuse sans laisser transparaître ses pensées.

— Il faut dormir maintenant. Nous aurons demain une longue journée.

Virginia se pencha vers sa fille, lui retira ses lunettes et l'embrassa en lui souhaitant une bonne nuit. Mais quand elle s'apprêta à quitter la chambre, Cara l'appela :

— Maman !

Virginia se retourna.

— Oui ?

— Tu es venue.

Virginia eut l'air perplexe.

— Tu es venue, répéta Cara. Je t'avais demandé de m'écrire et tu as préféré venir.

A cet instant, Virginia comprit que la lettre de Cara avait servi de catalyseur et déclenché l'acte décisif. Elle sourit.

— Oui. Je suis venue. J'ai pensé que c'était mieux.

Elle s'éloigna sur ces mots et alla affronter l'épreuve que représentait un dîner silencieux en compagnie de lady Keile.

5

Virginia s'éveilla lentement avec une sensation de satisfaction très inhabituelle. La force et la détermination qu'elle découvrait en elle lui donnèrent envie de s'attarder quelques instants au lit afin de mieux savourer ces impressions toutes neuves. Les draps aux ourlets ajourés, la couverture moirée, la literie confortable l'invitèrent également à se prélasser un moment en contemplant les longs rayons de lumière dorée qui filtraient à travers les branches du châtaignier. En ce matin superbe qui renouvelait la perfection de l'été, elle put se dire qu'elle avait triomphé des obstacles tant redoutés et que dans quelques heures elle serait avec les enfants dans le train. Désormais elle considérait qu'aucun problème n'était insurmontable. Débarrassée de ses angoisses, persuadée qu'elle n'aurait plus peur de rien, elle considéra sans effroi les difficultés qui l'attendaient avec Cara et Nicholas, l'inconfort et les inconvénients de la petite villa qu'elle avait osé louer... Elle avait pris un tournant. Tout allait être différent et elle s'en réjouissait.

Il était sept heures et demie. Elle se leva, charmée par le soleil, les chants des oiseaux et même par les bruits de la circulation qui, distants, étouffés, créaient un fond sonore sans agressivité. Dès qu'elle eut achevé sa toilette, elle s'habilla, prépara sa valise, défit le lit et descendit.

Les enfants prenaient toujours leur petit déjeuner avec Mme Briggs dans la nursery, lady Keile dans sa chambre, mais, dans cette maison parfaitement bien organisée, du café attendait Virginia ainsi que des toasts et de la confiture sur la belle table cirée de la salle à manger. Un seul couvert, mis au bout de la table, ne permettait aucun doute : les habitudes étaient respectées.

Elle but deux tasses de café avec les toasts et la confiture. Puis elle prit les clefs de l'entrée qu'on avait laissées pour elle à l'autre bout de la table et sortit. A cette heure, les rues étaient calmes et chez le petit épicier traditionnel, que lady Keile honorait de sa fidélité, elle fit provision de pain, de beurre, de bacon, d'œufs, de café, de cacao, de soupe à la tomate, de biscuits au chocolat et de haricots blancs, cuits dans une sauce tomate que Nicholas adorait et que Mme Briggs lui interdisait. Elle achèterait sur place le lait et les légumes et, plus tard, dans un deuxième temps, de la viande et du poisson. Estimant qu'elle avait fait les provisions de première urgence, elle laissa l'épicier mettre ses achats dans un carton, paya et regagna Melton Gardens les bras chargés.

Elle trouva lady Keile et les enfants au rez-de-chaussée, sans Mme Briggs. Mais les petites valises étaient prêtes. Elle déposa le carton à côté d'elles.

— Bonjour, maman !

— Bonjour !

Elle embrassa les deux bambins, propres et nets, prêts à partir. Cara portait une robe de coton bleu. Nicholas était en short et chemise rayée, ses beaux cheveux noirs aplatis par une brosse vigoureuse.

— Qu'est-ce que tu as fait ? demanda-t-il.

— Je suis allée à l'épicerie. Nous n'aurions pas eu le temps de nous approvisionner en arrivant à Penzance. Et nous allons avoir faim.

— Je ne savais pas qu'on partait. C'est Cara qui me l'a dit ce matin.

— Je suis désolée. Tu dormais déjà hier soir quand je suis venue pour te prévenir. Je n'ai pas voulu te réveiller.

— Pourquoi ? Moi, je ne savais rien avant le petit déjeuner.

Il avait l'air extrêmement mécontent. Virginia sourit puis regarda sa belle-mère. Pâle, les traits tirés, en dépit de son allure éternellement parfaite, elle laissait penser qu'elle n'avait pas dormi de la nuit.

107

— Vous devriez appeler un taxi, dit-elle, si vous ne voulez pas prendre le risque de rater votre train. Il y a un numéro à côté du téléphone.

« Pourquoi n'y ai-je pas pensé moi-même ? » Agacée, Virginia suivit la suggestion de sa belle-mère. L'horloge du hall sonna neuf heures et quart. Le taxi arriva dix minutes plus tard.

— On n'a pas dit au revoir à nounou ! s'exclama Cara.

— Oh, c'est vrai ! Où est-elle ?

— Dans la nursery.

Déjà Cara s'élançait vers l'escalier. Mais Virginia l'arrêta.

— Non !

Cara se retourna et, surprise par le ton de sa mère, la regarda, effarée.

— Nous devons lui dire au revoir...

— Bien sûr. Mais je vais la prévenir. Reste ici.

Virginia trouva la nurse apparemment absorbée par une tâche secondaire.

— Nous partons, madame Briggs.

— Oh !

— Les enfants veulent vous dire au revoir.

Mme Briggs ne répondit pas. Virginia s'impatienta. Elle eut envie de la secouer, violemment, sans plus de respect pour sa peine.

— C'est ridicule ! Nous ne pouvons pas nous séparer de cette manière. Venez leur dire au revoir.

Jamais elle n'avait donné directement un ordre à Mme Briggs. C'était bien la première et la dernière fois... Pendant un instant, Mme Briggs sembla prête à formuler une excuse quelconque. Mais Virginia la regarda au fond des yeux, jusqu'à ce qu'elle détournât son regard et se soumît.

— Très bien, madame.

Virginia triomphait définitivement. Elle redescendit suivie de la nurse. Se jetant dans ses bras, les enfants l'embrassèrent comme s'ils n'aimaient qu'elle au monde puis, satisfaits d'avoir pu démontrer leur affection, dégringolèrent les marches du perron pour s'engouffrer dans le taxi.

Virginia se tourna vers lady Keile.

— Au revoir, lui dit-elle.

Il n'y avait rien à ajouter. Elles se penchèrent l'une vers l'autre et mimèrent une embrassade.

— Au revoir, madame Briggs.

Mme Briggs était déjà dans l'escalier, anxieuse de retrouver la nursery. Virginia la vit chercher un mouchoir dans sa poche et se moucher. Puis elle disparut sur le palier.

Si Virginia avait appréhendé le comportement de ses enfants pendant le voyage, elle fut vite rassurée. Au lieu de les surexciter, la nouveauté de l'expérience les rendait muets. Ils étaient peu habitués aux vacances, ne connaissaient pas la mer, et leur trajet entre l'Écosse et Londres s'effectuait toujours dans un train de nuit qu'ils prenaient déjà vêtus de leur pyjama et à demi endormis.

Ce matin-là, fascinés par le paysage qu'ils voyaient défiler sous leurs yeux, ils semblaient découvrir champs, fermes, vaches et villes. Il fallut que le charme du spectacle s'évaporât au fil des kilomètres pour que Nicholas ouvrît le cadeau que sa mère lui avait acheté à Paddington avant de monter dans le train. Devant le petit tracteur rouge, il eut un grand sourire de satisfaction.

— On dirait celui qui est à *Kirkton*. M. McGregor a un Massey Fergusson comme celui-là.

Nicholas fit tourner les roues en imitant le bruit d'un tracteur, puis il s'enhardit et se servit du siège pimpant des chemins de fer britanniques comme chemin de labour.

En revanche, Cara n'ouvrit pas sa bande dessinée. Elle continua à regarder le paysage, le front contre la vitre, le regard extrêmement attentif derrière ses lunettes rondes.

A midi et demi, ils s'aventurèrent jusqu'au wagon-restaurant, en retenant leur respiration au passage des soufflets. Mais ils furent récompensés par l'enchantement que leur procura le restaurant avec ses tables individuelles, ses petites lampes et la surprise de voir le serveur leur tendre le menu comme aux adultes.

— Et que prendra mademoiselle ? demanda l'employé à Cara.

110

Les joues rosissantes, Cara ne put retenir des petits rires embarrassés lorsqu'elle constata que le serveur s'adressait à elle. Virginia dut intervenir pour l'aider à choisir une soupe à la tomate, un poisson grillé et la couleur de la glace qu'elle prendrait pour dessert.

A travers le regard de ses enfants, Virginia retrouvait un sentiment de nouveauté, un plaisir, une excitation oubliés. Tout ce qui aurait pu lui paraître banal ou ordinaire prenait un sens différent, une nuance particulière. Elle pensa aux questions que le petit Nicholas ne manquerait pas de lui poser et pour lesquelles elle n'aurait pas de réponse. Loin de se sentir anxieuse, elle se prépara à s'informer, à s'instruire, à devenir pour ses enfants un puits de science.

Heureuse, amusée, elle eut un soudain éclat de rire. Cara la regarda, répondit à son rire, ignorante de ce qui le motivait mais ravie de le partager avec sa mère.

— Quand as-tu pris pour la première fois ce train ? demanda Cara.

— Il y a dix ans. J'avais alors dix-sept ans.

— Alors, à mon âge tu n'étais jamais allée en Cornouailles ?

— Non. A ton âge, j'allais dans le Sussex, chez une tante.

Ils avaient désormais le compartiment pour eux seuls. Mais Nicholas, jugeant le corridor plus propice à l'aventure, avait choisi d'y rester et d'affronter le déséquilibre dont le menaçait constamment le mouvement du train.

— Raconte-moi.

— Quoi ? Mes vacances dans le Sussex ?

— Non. La première fois où tu es venue en Cornouailles.

— Eh bien, je suis venue avec ma mère... J'avais terminé ma scolarité. Alice avait écrit pour nous inviter, et ma mère a pensé que ce serait une bonne chose de partir en vacances.

— C'était les vacances d'été ?

— Non. De Pâques. Il y avait des jonquilles partout et des primevères sur les talus en bordure de la voie ferrée.

— Il faisait chaud ?

— Pas vraiment. Mais il y avait beaucoup de soleil et la température était plus douce qu'en Écosse. En Écosse, nous n'avons jamais de vrai printemps, en fait... Un jour, c'est l'hiver, le lendemain, les arbres ont toutes leurs feuilles et c'est l'été. En Cornouailles, au contraire, le printemps est une longue saison. C'est ce qui permet à toutes ces ravissantes fleurs vendues à Covent Garden de pousser pour notre plus grande joie.

— Tu as nagé quand tu es venue ?

— Non. La mer devait être glacée.

— Et dans la piscine de tante Alice ?

— Elle n'en avait pas à l'époque.

— Nous, on pourra nager dans sa piscine ?

— Bien sûr.

— Et dans la mer ?

— Oui. On se trouvera une jolie plage et on nagera.

— Je ne suis pas une très bonne nageuse...

— Tu verras que c'est plus facile en mer. L'eau salée te porte.

— Il n'y a pas de vagues ?

— Si. Mais c'est amusant.

Cara resta muette un instant. Elle n'aimait pas avoir la figure mouillée. Et puis, sans ses lunettes, elle voyait flou. Or, on ne pouvait pas nager avec des lunettes.

— Qu'est-ce que tu as fait d'autre ? demanda-t-elle.

— J'allais avec Alice faire des achats... S'il faisait très beau, on restait dans le jardin, et Alice invitait des amies à prendre le thé. Parfois, des gens venaient dîner. J'allais me promener, sur la colline derrière la maison ou dans Porthkerris. Les rues sont étroites et en pente, et les voitures circulent difficilement. Je me souviens d'avoir vu beaucoup de jeunes chats errants... Et puis il y a le port avec ses bateaux de pêche et ses habitués qui viennent s'asseoir au soleil. Quelquefois, je passais par là à marée haute quand les bateaux se balancent sur les eaux bleues. Quand la marée était basse, les bateaux gisaient sur le flanc parce qu'il n'y avait plus que du sable. Un beau sable doré d'ailleurs.

— Ils ne tombent jamais ?

— Non. Je ne pense pas.

— Pourquoi ?

— Je n'en sais rien.

Elle se souvenait en particulier d'un certain jour d'avril, ensoleillé et venté. La marée était haute, et Virginia n'avait pas oublié l'odeur saline qui imprégnait l'air, mêlée à celles du goudron et de la peinture fraîche que l'on trouve dans les ports.

A l'abri de la jetée, la houle venait doucement clapoter contre le quai, l'eau était profonde mais claire. Au large, elle était en revanche noire, parsemée d'écume et, au pied du phare, les vagues se brisaient en projetant des jets de brume blanche jusqu'à la hauteur du fanal.

Une semaine s'était écoulée depuis le barbecue à Lanyon et Virginia s'était retrouvée absolument seule après le déjeuner. Alice avait dû se rendre à Penzance, Tom à Plymouth, Mme Jilkes, la cuisinière, profitant de son après-midi libre, était partie rendre visite à la femme de son cousin en arborant un chapeau étonnant, et Mme Parsons avait tenu à honorer son rendez-vous hebdomadaire avec son coiffeur.

— Il faudra que tu te trouves une distraction, avait-elle dit à sa fille au cours du déjeuner.

— Ne t'inquiète pas pour moi.

— Que vas-tu faire ?

— Je verrai. Je ne sais pas encore.

Cet après-midi de liberté totale, Virginia l'avait considéré comme un cadeau et s'était vite décidée à sortir afin de profiter du temps radieux.

Ses pas la conduisirent sur le sentier menant aux falaises d'où elle descendit sur la plage. En été, au même endroit, il y avait foule. Les vacanciers se bousculaient, avec leurs ballons et leurs parasols, entre des tentes multicolores et des marchands de glaces. Mais en avril il n'y avait personne. Sur le sable immaculé, lavé par les tempêtes hivernales, Virginia laissait derrière elle des empreintes nettes, précises, comme une broderie.

Plus loin, au bout des falaises, un chemin, à flanc de colline, la conduisit vers un dédale de ruelles parmi de vieilles maisons, décolorées par le soleil. Puis elle rencontra des escaliers de pierre, se hasarda dans des rues étroites qui s'ouvraient brusquement devant elle et soudain, à l'angle d'une maison, constata qu'elle était arrivée au port. Sous le soleil éblouissant brillaient des barques fraîchement repeintes et le vert moiré des eaux portuaires. Des mouettes tournoyaient en criant au-dessus de la mer, leurs grandes ailes déployées contre le bleu du ciel. Partout régnait une intense activité. Pour le grand nettoyage de printemps, on réparait les filets, on lavait les ponts à grandes eaux, les boutiques étaient blanchies et l'on s'appliquait à faire briller les vitrines.

Au bout du quai, un vendeur de glaces offrait ses gourmandises en termes séduisants : *Fred Hoskings, Glaces cornouaillaises, La meilleure des fabrications maison*. Alléchée, Virginia regretta de ne pas avoir pris d'argent. Ah, s'asseoir au soleil et manger une glace ! Le summum du luxe ! Plus elle y pensait et plus elle en avait envie. Un fol espoir la poussa à fouiller dans ses poches. Mais, non, elle n'y avait pas oublié la moindre petite pièce...

Assise sur un bollard, elle voulut tromper sa déception en observant sur le pont d'un bateau de pêche un jeune garçon, en sarrau taché par le sel, qui faisait bouillir de l'eau sur un réchaud à alcool. Mais elle pensait encore à la glace quand derrière elle une voix s'éleva comme une réponse à une prière.

— Bonjour !

Repoussant ses longs cheveux noirs, elle regarda par-dessus son épaule et le vit, le visage au vent, un paquet sous le bras, vêtu d'un sweater à col roulé bleu qui lui donnait l'air d'un marin.

Elle se leva.

— Bonjour.

— Il me semblait bien que c'était vous, dit Stanley Philips. Que faites-vous par ici ?

— Rien de spécial. Je me promenais et je me suis arrêtée pour regarder les bateaux.

— Il fait très beau.

— Oui.

Ses yeux bleus brillaient, amusés.

— Où est Alice Lingard ?

— Elle a dû aller à Penzance.

— Alors vous êtes seule ?

— Oui.

En tennis usées, jean et pull en coton blanc à grosses torsades, elle se sentit brusquement mal à l'aise, et se vit comme une gamine maladroite, à peine capable d'échanger, avec ce garçon qu'elle avait déjà rencontré, quelques banalités.

Elle regarda le paquet qu'il tenait sous le bras.

— Et vous, que faites-vous ici ?

— Je suis venu chercher une bâche supplémentaire pour le foin.

— Vous retournez chez vous maintenant, je suppose.

— Oh, j'ai le temps ! Et vous ?

— Moi aussi.

— Vous connaissez la ville ?

— Pas vraiment. C'est la première fois que je viens jusqu'ici.

117

— Alors, suivez-moi. Je vais vous montrer ce que vous n'avez pas encore découvert.

D'un même pas, ils remontèrent tranquillement le quai et Virginia retrouva le marchand de glaces que, visiblement, Stanley connaissait bien.

— Salut, Fred !

L'homme, en manteau de toile amidonnée, d'un blanc resplendissant, ressemblait à un arbitre sur un terrain de cricket. Il se retourna et, découvrant Stanley, laissa un grand sourire s'épanouir sur son visage brun et ridé comme une vieille noix.

— Ça va, Stanley ?

— Très bien. Et toi ?

— Oh, on fait aller ! Je ne te vois pas souvent par ici. Ça se passe bien à Lanyon ?

— Oui. Il y a toujours beaucoup de travail.

Stanley regarda la petite voiture à glaces.

— Tu commences bien tôt. Tu n'as pas de clients à cette heure-là.

— Tu sais, on dit toujours que le monde appartient à celui qui se lève tôt.

Stanley se tourna vers Virginia.

— Vous voulez une glace ?

C'était la première fois qu'on lui offrait exactement ce qu'elle désirait le plus au monde.

— J'aimerais, mais je suis sortie sans prendre d'argent...

Stanley sourit et s'adressa à Fred tout en plon-

geant sa main dans la poche-revolver de son pantalon.

— Tu me donnes la plus grosse que tu aies !

Puis il conduisit Virginia, au-delà de la jetée, vers
des rues pavées dont elle n'avait jamais soupçonné
l'existence, lui fit traverser de petits squares ravis-
sants, entourés de maisons aux portes jaunes, déco-
rées de jardinières fleuries, et la guida le long de
courettes où séchait du linge et où des chats, sur
des marches de pierre, faisaient leur toilette au
soleil. Leur parcours déboucha finalement sur une
plage, tournée vers le nord, face au vent, ourlée de
vagues couleur de jade avec le soleil en arrière-plan
et une brume irisée qui naissait de l'écume des
rouleaux.

— Quand j'étais adolescent, expliqua Stanley en
élevant la voix à cause du vent, je venais ici faire du
surf. Mon oncle m'avait confectionné une petite
planche avec un visage peint sur la courbe. Mais
maintenant, on fabrique ces planches en fibre de
verre qui permettent de surfer toute l'année, été
comme hiver.

— La mer n'est pas trop froide en hiver ?

— Les gens mettent des combinaisons de caoutchouc.

Ils arrivèrent devant une digue où, à l'abri du
vent, on avait installé un banc de bois. Estimant
sans doute qu'ils avaient suffisamment marché,

Stanley s'assit, le dos contre la digue, le visage au soleil et ses longues jambes étendues sur le ciment.

En achevant de déguster son énorme glace, Virginia s'assit à son tour. Il la regarda engloutir la dernière bouchée et s'essuyer les doigts sur son jean.

— Elle était bonne ?

Ses yeux rieurs démentaient son air sérieux mais elle ne s'en offusqua pas.

— Je n'avais jamais mangé une glace aussi bonne que celle-là. Vous auriez dû en prendre une aussi.

— Je suis trop grand et trop vieux pour me balader en léchant une glace.

— Je ne serai jamais ni trop grande ni trop vieille.

— Quel âge avez-vous ?

— Dix-sept ans. Presque dix-huit.

— Vous avez terminé vos études ?

— Oui. L'été dernier.

— Que faites-vous maintenant ?

— Rien.

— Vous n'allez pas à l'université ?

Elle se sentit flattée à l'idée qu'il lui prêtait une intelligence certaine.

— Mon Dieu, non ! s'exclama-t-elle cependant.

— Alors, que faites-vous ?

Elle aurait préféré qu'il ne lui posât pas ce genre de question.

— Pour l'instant, rien. Mais l'hiver prochain je vais sûrement apprendre à faire la cuisine ou à taper à la machine, enfin quelque chose comme ça, de plutôt barbant. Pour l'été, ma mère me réserve des rencontres, des soirées, une vie mondaine trépidante... C'est son obsession.

— Ça s'appelle participer à la saison londonienne, non ?

Il avait pris un ton qui en disait long sur son opinion à ce sujet.

— Ne m'en parlez pas ! Ça me donne des frissons dans le dos.

— Dire qu'à notre époque on peut encore s'intéresser à ça...

— Oui, c'est incroyable ! Et ma mère fait partie des gens qui jouent le jeu. Elle a déjà pris la précaution de rencontrer d'autres mères, et elle a même retenu une date pour mon premier bal. Il faut que j'arrive à la faire changer d'avis. Vous vous imaginez à quel point ce genre de tradition peut être absurde ?

— Oui ! Mais enfin je ne suis pas une douce jeune fille de dix-sept ans.

Devant la grimace dont elle le gratifia, il ajouta :

— Si ça vous pèse tant, refusez fermement. Dites à votre mère que vous préféreriez dépenser son argent dans... un voyage en Australie, par exemple.

— Je me suis déjà beaucoup opposée à son pro-

jet. Du moins ai-je essayé... Si vous la connaissiez...
Elle n'écoute jamais ce que j'ai à lui dire. Elle se
contente de me répéter qu'il me faut absolument
rencontrer certaines personnes en vue, me montrer
dans certains endroits et participer aux soirées à la
mode.

— Et votre père ? Il ne pourrait pas vous soute-
nir ?

— Je n'ai pas de père. Je veux dire que je ne l'ai
jamais vu. Ils ont divorcé quand j'étais encore un
bébé.

— Je vois... Dans ce cas, faites contre mauvaise
fortune bon cœur. Après tout, ça vous plaira peut-
être.

— Oh, non ! Ça sera une épreuve de chaque
instant.

— Comment pouvez-vous en être certaine ?

— Mais je ne sais jamais ce qu'il faut faire dans
une soirée ! Dès que je suis avec des étrangers, je
deviens muette. Surtout s'il s'agit d'un garçon.

— Vous avez bien su me raconter un tas de
choses...

— Avec vous, c'est différent.

— Pourquoi ?

— Vous êtes plus âgé. Enfin vous n'êtes pas très
jeune.

Elle le vit rire et en fut gênée.

— Je voulais dire, précisa-t-elle que vous n'avez
pas vingt ans... vingt et un...

Sa maladresse le fit rire de plus belle. Elle s'impatienta, fronça les sourcils.

— Quel âge avez-vous ?

— Vingt-huit ans.

— J'aimerais avoir votre âge.

— Si vous aviez vingt-huit ans, vous ne seriez sans doute pas ici.

Soudain, le temps changea. Il fit plus sombre, plus froid. Virginia frissonna, leva les yeux et constata que le soleil avait disparu derrière un gros nuage gris, poussé par un vent d'ouest qui annonçait le mauvais temps.

— Et voilà ! Ce soir, il pleuvra, prophétisa Stanley. Mais nous aurons au moins profité des plus belles heures de la journée.

Il jeta un coup d'œil à sa montre.

— Il est près de quatre heures. Il faut que je rentre. Comment retournez-vous chez Alice ?

— A pied.

— Vous voulez que je vous ramène ?

— Vous avez une voiture ?

— Une Land Rover. Elle est garée près de l'église.

— Ça vous obligera à faire un détour.

— Non. Je peux rejoindre Lanyon par la lande.

— Bon. Si ça ne vous dérange pas...

Sur la route du retour, Virginia resta silencieuse sans être pour autant intimidée ou incapable de trouver quelque chose à dire. Non, ce silence ne trahissait aucune gêne. Il semblait naturel, aussi confortable qu'une vieille paire de chaussures et elle ne se souvenait pas d'avoir éprouvé un tel sentiment d'aisance avec quelqu'un d'autre, surtout avec un homme qu'elle connaissait à peine. Ils étaient comme deux amis qui partagent la même envie de silence, au même moment... Dans la vieille Land Rover, les sièges étaient usés et poussiéreux, des brins de paille traînaient sur le plancher et tout exhalait une légère odeur de fumier. Mais au lieu de s'en offusquer, Virginia s'en réjouissait. Cette odeur faisait partie de *Penfolda* et elle se rendait compte qu'elle désirait profondément y retourner. Elle voulait voir le domaine à la lumière du jour, découvrir le bétail, les dépendances, le reste de la ferme et retrouver la cuisine de ses rêves. Elle souhaitait qu'on l'acceptât comme une amie à *Penfolda*.

Ils arrivèrent sur la colline, de l'autre côté de Porthkerris, où l'on avait transformé les maisons du vieux quartier résidentiel en hôtels avec des parkings à la place des jardins et des porches vitrés. On voyait aussi des solariums, des palmiers — moroses sous le gris du ciel — et des jardinières installées par la municipalité, plantées de jonquilles en rangs serrés.

Plus haut, la route dominait la mer sur une portion de terrain plat qui permit à Stanley de changer de vitesse.

— Quand retournez-vous à Londres ?

— Probablement dans une semaine.

— Vous aimeriez revenir à *Penfolda* ?

Pour la seconde fois en l'espace de quelques heures il se proposait de lui offrir ce dont elle avait particulièrement envie. Elle se demanda s'il n'était pas un peu télépathe...

— Ça me plairait énormément.

— Ma mère a été ravie de vous voir. Elle a peu l'occasion de rencontrer des gens nouveaux, et elle se ferait une joie de vous recevoir pour le thé.

— Je reviendrais chez vous avec plaisir.

— Mais par quel moyen iriez-vous à Lanyon ?

— J'emprunterais la voiture d'Alice. Je suis sûre qu'elle serait d'accord si je lui promets d'être prudente.

— Vous savez conduire ?

— Évidemment, sinon je ne lui demanderais pas sa voiture.

Virginia sourit en regardant Stanley. Même s'il avait envie de la taquiner, elle se sentait bien avec lui.

— Dans ce cas, je vais en parler à ma mère, déclara-t-il d'un ton décidé. Dès que je saurai quand elle a un moment de libre, je vous appelle. D'accord ?

Elle imagina son coup de téléphone, l'instant où elle entendrait sa voix à l'appareil et dut refréner une envie de serrer ses bras sur sa poitrine, de se bercer de plaisir anticipé.

— C'est une excellente idée, répondit-elle.

— Quel est votre numéro ?

— Porthkerris 3-2-5.

— Je m'en souviendrai.

Ils étaient arrivés. Stanley franchit le portail blanc de *Wheal House* et s'engagea dans l'allée bordée de pommiers en fleur.

— Et voilà !

Son coup de frein fit crisser les pneus et jaillir du gravier.

— Je vous ai ramenée saine et sauve, à temps pour le thé, ajouta-t-il.

— Merci beaucoup.

Penché sur le volant, il lui sourit.

— Il n'y a pas de quoi.

— Je pensais aussi à la promenade et à la glace...

— Ce fut un plaisir pour moi.

Il allongea le bras pour lui ouvrir la portière. A l'instant où elle sautait à bas de la Land Rover, la porte d'entrée s'ouvrit et sa mère apparut, en petit tailleur de laine framboise et chemisier de soie blanche.

— Virginia !

Virginia se retourna et vit sa mère venir vers elle, impeccable, comme à l'accoutumée, bien que sa chevelure noire et courte, que le vent faisait légèrement voleter, révélât qu'elle ne sortait pas de chez le coiffeur.

— Maman ?

— Où étais-tu passée ? demanda Mme Parsons, souriante mais intriguée.

— Je croyais que tu allais chez le coiffeur.

— J'y ai renoncé. Ma coiffeuse habituelle est au lit avec la grippe. Ils ont voulu la remplacer par la fille qui passe ordinairement son temps à balayer le salon. J'ai évidemment refusé !

Sans se départir de son sourire, Mme Parsons regarda vers le chauffeur de la Land Rover.

— Qui est cet ami ?

— Oh, c'est Stanley Philips...

Stanley prit l'initiative de sortir de la voiture pour être présenté à Mme Parsons. Virginia le redécouvrit, bien malgré elle, à travers le regard de sa mère qu'elle devinait critique et haïssable. Ce pull de marin, ce visage tanné par la vie en plein air et ces mains calleuses n'étaient pas faits pour lui plaire.

Elle vit cependant sa mère s'avancer aimablement vers Stanley.

— Bonjour, madame, dit-il, en la regardant droit dans les yeux.

Elle lui tendit la main mais il ne vit pas son geste ou préféra l'ignorer. Laissant retomber son bras, elle prit un ton d'une froideur à peine perceptible mais toutefois différent.

— Où Virginia vous a-t-elle rencontré ? demanda-t-elle, comme pour meubler la conversation.

Stanley s'appuya contre la voiture et croisa les bras.

— J'habite à Lanyon. La ferme de *Penfolda*

— Ah, je vois ! Le barbecue ! Oui, elle m'a raconté. Et vous vous êtes retrouvés aujourd'hui...

— Par hasard.

— Mais c'est charmant !

Mme Parsons sourit.

— Nous allons prendre le thé, monsieur Philips. Voulez-vous vous joindre à nous ?

Le regard toujours rivé sur son interlocutrice, Stanley secoua la tête.

— J'ai soixante-dix vaches à traire. Il faut que je rentre.

— Oh, bien sûr ! Je ne voudrais pas contrarier votre emploi du temps.

Toujours souriante, elle lui parlait néanmoins comme à un jardinier que l'on renvoie.

— De toute façon, je ne vous aurais pas laissée faire, lui répondit Stanley avant de remonter dans la Land Rover. Au revoir, Virginia.

— Au revoir, fit-elle d'une voix faible. Merci de m'avoir raccompagnée.

— Je vous appellerai.

— Oui, je compte sur vous.

128

Il salua une dernière fois la mère et la fille d'un signe de tête, mit le contact, fit demi-tour et, sans un regard en arrière, s'élança dans l'allée tandis que les deux femmes regardaient, perplexes, le nuage de poussière soulevé par son passage.

— Eh bien ! s'exclama Mme Parsons dont le sourire masquait mal l'agacement.

Virginia estima qu'il n'y avait rien à ajouter et se tut, laissant sa mère remarquer :

— Quel personnage ! Il ne s'embarrasse pas d'amabilités ! On rencontre de tout par ici. A quel propos doit-il te téléphoner ?

Mme Parsons donnait l'impression que Stanley pouvait être un sujet de plaisanterie à partager avec sa fille.

— Il a pensé que sa mère serait contente de me revoir et de m'inviter à prendre le thé.

— Oh, vive le confort de la ferme ! Quelle merveilleuse idée...

Une pluie fine se mit à tomber. Mme Parsons regarda le ciel bas et frissonna.

— Qu'a-t-on à rester ainsi dans le vent ? Rentrons. Le thé nous attend.

Le lendemain, Mme Parsons déclara qu'elle avait pris froid et qu'elle préférait ne pas sortir. Son indisposition semblant entièrement due au mauvais temps ne surprit personne. Alice alluma le feu dans la cheminée du salon et son invitée s'installa sur le sofa, les jambes recouvertes d'un plaid de mohair, en rassurant sa fille :

— Ça va aller. Tu peux partir avec Alice sans te faire de souci.

— Partir avec Alice ? Nous devons aller quelque part ?

— Mais oui, pour déjeuner à Pendrane.

Virginia eut l'air effaré.

— Enfin ma chérie, ne me regarde pas comme une demeurée ! Nous sommes invitées chez Mme Menheniot depuis je ne sais combien de temps. Elle voulait nous montrer son jardin.

— Je n'en savais rien, affirma Virginia.

Elle n'avait aucune envie d'aller déjeuner chez cette personne et de visiter son jardin. Cette expédition prendrait la journée entière et elle risquait de rater l'appel de Stanley. Mais, à l'évidence, sa mère n'entendait pas lui laisser le choix.

— Eh bien, maintenant, tu es prévenue, lui dit-elle. Il faut te changer. Tu ne peux pas aller déjeuner chez quelqu'un en jean. Pourquoi ne mettrais-tu pas la jolie robe bleue que je t'ai achetée ? Ou ton kilt ? Ça amuserait Mme Menheniot.

Face à n'importe quelle autre mère, Virginia aurait demandé qu'un message fût pris au cas où Stanley Philips téléphonerait. Mais elle savait que sa mère n'aimait pas Stanley. Elle le jugeait trop fruste et son ironie, quant aux joies de la ferme, l'avait définitivement marqué du sceau de la désapprobation. Non seulement elles n'avaient pas reparlé de lui, mais Mme Parsons s'était appliquée pendant le dîner à étouffer toutes les tentatives que Virginia avait faites pour parler à Alice et à Tom de sa rencontre avec Stanley dans le port de Lanyon. Elle n'avait même pas hésité à l'interrompre et à aiguiller la conversation sur un autre sujet quand le danger se précisait. Tout en se changeant, Virginia s'interrogea sur la stratégie à adopter.

Finalement vêtue du kilt et d'un sweater jaune canari, ses longs cheveux noirs et brillants sagement coiffés, elle alla à la cuisine voir Mme Jilkes. Un après-midi de pluie, Mme Jilkes lui avait appris à confectionner des brioches en la gratifiant en même temps d'une foule d'informations concernant la santé et la longévité de ses amis.

— Vous allez bien, Virginia ?

Mme Jilkes préparait une pâte à gâteau dont Virginia prit un petit morceau qu'elle se mit à manger machinalement.

— Allons, ne mangez pas ça. Vous n'aurez plus faim pour le déjeuner.

— Je préférerais rester ici plutôt que d'aller déjeuner chez cette personne... Madame Jilkes, s'il y a un coup de téléphone pour moi, vous pourriez prendre un message ?

Affectant un petit air penché et un regard plein de sous-entendus, Mme Jilkes la taquina :

— Oh... on attend un appel... Il s'agit d'un jeune homme, je suppose.

Virginia ne put s'empêcher de rougir.

— Eh bien, oui... Mais c'est d'accord, vous prendrez un message ?

— Ne vous inquiétez pas, ma belle. Ah ! Mme Lingard vous appelle. Il faut partir. Je m'occuperai aussi de votre mère. Je lui préparerai un plateau pour le repas.

Elles ne revinrent pas avant cinq heures et demie. Tandis qu'Alice allait aussitôt s'enquérir de la santé de Rowena Parsons, dès que la porte du salon se referma, Virginia qui feignait de se diriger vers l'escalier se précipita dans le corridor menant à la cuisine.

— Madame Jilkes !

— Vous voilà de retour ?

— Il y a eu un appel ?

— Ça a sonné deux ou trois fois, et c'est votre mère qui a répondu.

— Ma mère ?

— Elle avait décidé que les communications arriveraient au salon. S'il y a un message pour vous, elle vous le dira.

Virginia ressortit aussitôt de la cuisine, repartit vers le hall puis entra dans le salon où sa mère s'empressa de lui sourire.

132

— Alice vient de tout me raconter, ma chérie. Tu es contente de ta journée ?

— Ça va.

Interrogeant sa mère du regard, Virginia attendit qu'elle lui annonçât la bonne nouvelle. Mais Mme Parsons s'étonna.

— C'est tout ce que tu trouves à me dire ? Tu as vu le neveu de Mme Menheniot, n'est-ce pas ?

— Oui...

Le jeune homme de bonne famille ne lui avait laissé qu'un souvenir des plus flous. Si Stanley n'avait pas appelé aujourd'hui, il le ferait peut-être demain. Virginia connaissait sa mère. Elle savait l'importance qu'elle accordait aux conventions et la jugeait parfaitement incapable de ne pas lui transmettre un message s'il y en avait un. D'ailleurs toutes les mères sont comme ça. Elles ne peuvent faire autrement sous peine de bafouer le code de conduite qu'elles enseignent à leurs enfants et de trahir leur confiance. Or sans confiance, il n'y a pas d'affection, et plus rien n'est possible.

Le lendemain, il plut. Virginia passa la matinée près de la cheminée du hall en faisant semblant de lire. Dès que le téléphone sonnait, elle courait répondre. Mais ce n'était jamais pour elle.

Après le déjeuner, sa mère lui demanda d'aller lui chercher des médicaments à Porthkerris. Elle refusa.

— Il tombe des cordes !

— Tu exagères. Il pleut à peine. Il te faut un peu d'exercice. Tu ne vas pas passer ta journée assise à lire ce livre stupide.

— Il n'est pas stupide.

— Soit ! Mais en tout cas, tu n'as pas cessé de lire. Mets des bottes et un imperméable et tu ne sentiras même pas la pluie.

Jugeant qu'il ne servait à rien de discuter, Virginia prit un air résigné et alla se préparer. Tout au long de la rue qui descendait vers la ville, sous les arbres dégoulinants de pluie qui assombrissaient le trottoir, elle tenta d'accepter l'idée que Stanley pourrait ne jamais appeler.

Il ne lui avait pas caché qu'il devait d'abord s'assurer que sa mère avait le temps de la recevoir dans la journée. Mais il n'était pas impossible que Mme Philips eût tout simplement changé d'avis.

On peut trouver une personne charmante et l'oublier quelques jours plus tard... Elle crut entendre la voix de Mme Philips :

— Oh, Stanley ! Crois-tu que j'ai le temps de recevoir ? A quoi pensais-tu quand tu lui as proposé de revenir ?

Il était également possible que Stanley ait eu envie de se dérober après sa rencontre avec sa mère, Rowena Parsons, à *Wheal House*. Ne dit-on pas qu'en voyant une mère, on sait ce que deviendra sa fille ? Stanley n'avait peut-être pas apprécié cette perspective. Elle se souvenait parfaitement de leur échange de mots aigres-doux tandis que Stanley adressait à Rowena un regard incisif.

— Je ne voudrais pas contrarier votre emploi du temps.

— Je ne vous aurais pas laissée faire, de toute façon.

Il pouvait aussi avoir oublié de téléphoner. Ou il avait eu quelques scrupules à franchir ce pas. Ou alors, en lui parlant de ses problèmes, elle lui avait simplement inspiré de la pitié et non une réelle amitié. Elle en eut froid dans le dos.

Mais n'avait-il pas tout de même promis de l'appeler ?

Elle acheta les médicaments que lui avait demandés sa mère et reprit le chemin de *Wheal House* sous la pluie persistante. Sur le trottoir d'en face se dressait une cabine téléphonique. Vide, elle était tentante et Virginia disposait des pièces nécessaires pour appeler *Penfolda*. Il lui suffisait de consulter l'annuaire dont la cabine était pourvue pour trouver le numéro des Philips. « C'est Virginia », annonce-rait-elle. Elle prendrait le ton léger de la plaisanterie et ajouterait : « Il me semblait que vous deviez m'appeler... »

Sur le point de traverser la rue, au bord du trottoir, elle hésita. La situation la dépassait et le courage qu'elle tentait de rassembler sembla très insuffisant quand elle imagina leur conversation.

— Stanley ?

— Oui.

— C'est Virginia.

— Virginia ?

— Virginia Parsons.

— Ah, oui ! Virginia Parsons. Que puis-je faire pour vous ?

Ce serait horrible ! Renonçant à traverser la rue, elle continua son chemin, avec la pluie en plein visage et les pilules de sa mère au fond de la poche de son imperméable.

A l'instant où elle franchit le seuil de *Wheal House*, le téléphone sonna. Elle enragea d'être tenue d'enlever ses bottes au lieu d'aller répondre immédiatement. Puis ce fut trop tard. Quand elle fit irruption dans le salon, sa mère raccrochait.

Elle parut étonnée par l'irruption de sa fille.

— Que se passe-t-il ? Tu as l'air essoufflée.

— Je... je pensais que c'était pour moi.

— Non. Quelqu'un s'est trompé de numéro. Tu as mes pilules, ma chérie.

— Oui...

— Merci. Tu as été gentille. Et la promenade t'a fait du bien. Tu as retrouvé tes couleurs.

Le lendemain, Virginia entendit sa mère annoncer, au grand étonnement d'Alice, qu'elles devaient rentrer à Londres.

136

— Mais, Rowena, je croyais que vous restiez au moins une semaine de plus ?

— J'aurais bien voulu, ma chère, mais nous avons beaucoup de choses à mettre au point pour l'été. Nous ne pouvons malheureusement pas continuer à nous prélasser. Je le regrette énormément.

— Reste au moins jusqu'au week-end prochain.

Virginia pria pour que sa mère acceptât. Mais en vain.

— Oh, je n'aurais pas demandé mieux ! Mais ce ne serait pas raisonnable. Nous partirons, au plus tard, vendredi. Il faut que je m'occupe des réservations.

— C'est vraiment dommage... Mais si tu ne peux pas faire autrement...

— Non, ma chère Alice. C'est impossible.

« Pourvu qu'il téléphone avant notre départ, pria Virginia. Je n'aurai pas le temps d'aller à *Penfolda*, mais au moins je pourrai lui dire au revoir. Et puis comme ça je saurai qu'il tenait à m'appeler... Je lui dirai que je peux lui écrire. Je pourrai lui donner mon adresse. »

— Tu devrais préparer ta valise, ma chérie. N'oublie rien derrière toi. Je ne voudrais pas qu'Alice soit obligée d'aller nous poster un colis. Tu as ton imperméable ?

« Ce soir. Il téléphonera ce soir en disant qu'il n'a pas pu appeler plus tôt parce qu'il était absent.

Parce qu'il a eu un travail fou. Parce qu'il était malade... »

— Virginia, viens écrire ton nom dans le livre d'or. Ici, sous le mien. Oh, Alice, tu nous as permis de passer de merveilleuses vacances ! Nous sommes enchantées, n'est-ce pas, Virginia ? C'est un déchirement de devoir partir.

Alice les conduisit à la gare et les accompagna jusqu'à leur compartiment de première classe où deux coins-fenêtre leur étaient réservés. Le porteur se montra particulièrement déférent en voyant les valises luxueuses de Mme Parsons.

Virginia se pencha par la fenêtre.

— Il faudra revenir bientôt, lui dit Alice.

— Oui.

— Nous serions très heureux de te revoir.

C'était l'ultime chance de prévenir Stanley, de lui faire dire qu'elle avait dû partir. « Appelle-le, Alice. Préviens-le que je suis retournée à Londres. » Mais le train siffla et s'ébranla sans que le message fût transmis.

— Au revoir, Virginia.

« Dis-lui que je l'aime. »

Quand le train arriva à Truro, ses sanglots étouffés, ses reniflements et ses yeux mouillés étaient devenus trop évidents pour que sa mère restât sans réaction.

Rowena posa son journal sur ses genoux.

— Qu'as-tu, ma chérie ?

Les paupières gonflées, Virginia fixait le paysage sans le voir.

— Rien.

— Ne mens pas.

Rowena posa doucement sa main sur le genou de sa fille.

— Tu penses à ce jeune homme ?

— Quel jeune homme ?

— Celui de la Land Rover. Stanley Philips. Serais-tu tombée amoureuse de lui ?

En pleurs, Virginia ne put répondre. Sa mère se voulut rassurante.

— Ne sois pas triste. C'est sans doute la première fois que tu es malheureuse à cause d'un homme. Mais je peux t'assurer que ce ne sera pas la dernière. Ce sont tous des égoïstes, ma chérie.

— Stanley est différent.

— Vraiment ?

— Il est très gentil. C'est le seul homme qui m'ait plu jusqu'à présent.

Virginia se moucha puis regarda sa mère.

— Il ne te plaît pas, n'est-ce pas ?

La question fut si directe que Rowena Parsons dut prendre le temps de se ressaisir.

— Eh bien... disons que... je n'ai jamais été très sensible à ce type d'homme.

— Tu veux dire que tu n'aimes pas les fermiers.

— Je n'ai jamais dit ça.

— Non. Mais tu le penses. Tu préfères les jeunes gens de bonne famille, bien élevés mais mollassons, comme le neveu de Mme Menheniot.

— Je ne l'ai jamais rencontré.

— Non. Mais je suis sûre qu'il te plairait !

Il y eut un silence, puis Virginia entendit sa mère formuler ses conclusions :

— Oublie-le, ma chérie. On a toujours un chagrin d'amour avant de rencontrer l'homme de sa vie. Nous allons nous distraire cet été. Pense à nos projets et évite de tout gâcher à cause de... d'un simple rêve. Je parierais que ce n'était pas autre chose.

— Sans doute.

Virginia s'essuya les yeux et rangea son mouchoir.

— Voilà ! C'est bien ! Finies les larmes.

Satisfaite d'avoir pu apaiser Virginia, Rowena Parsons reprit sa lecture. Mais bientôt quelque chose la perturba. Baissant son journal, elle rencontra le regard de sa fille, un regard assombri par une expression qu'elle ne lui connaissait pas.

— Qu'y a-t-il ?

— Il m'avait dit qu'il me téléphonerait. Il me l'avait promis.

— Et alors ?

— Il ne l'a pas fait ? Je sais qu'il te déplaît. Tu as pu prendre l'appel et ne rien me dire...

Sans la moindre hésitation, Rowena s'exclama :

— Ma chérie ! Quelle accusation ! Tu ne penses tout de même pas...

— Non. Pardonne-moi. Non, ce n'était pas sérieux.

Elle voulait croire sa mère et laissa toute illusion s'envoler. Puis, le front appuyé contre la fenêtre du compartiment, elle regarda le paysage défiler et disparaître, avec le reste, dans le passé.

C'était en avril. Le mois suivant, elle rencontra une ancienne camarade de classe qui l'invita à la campagne pour le week-end.

— C'est mon anniversaire, et je peux inviter qui je veux. Tu seras peut-être obligée de dormir dans le grenier, mais je pense que c'est pas important, non ? Tu sais, on manque totalement d'organisation dans la famille !

Sans grand enthousiasme, Virginia accepta.

— Comment va-t-on chez toi ?

— Tu pourrais prendre le train et on viendrait te chercher à la gare. Mais j'ai un cousin, qui devrait venir, et qui a une voiture. S'il peut t'emmener, ce sera plus agréable. Je vais lui en parler, lui demander s'il a encore de la place. Tu te retrouveras peut-être un peu coincée entre les bagages ou assise entre deux sièges, mais ça t'évitera la bousculade à la gare de Waterloo.

Le projet s'avéra réalisable. Dans le coupé Mer-

141

cedes bleu nuit, Virginia ajouta sa valise aux nombreux bagages qui encombraient déjà le coffre. Puis
elle fut invitée à se glisser sur le siège avant, entre le
cousin et sa petite amie.

Vêtu d'un complet gris, grand, blond, le cousin
portait un chapeau de feutre rabattu sur le front et
dégageant sur la nuque une longue vague de cheveux.

Il s'appelait Anthony Keile.

6

A Penzance, Virginia descendit du train, fatiguée mais heureuse d'être de retour. Avant de penser aux problèmes qui l'attendaient à *Bosithick*, elle prit une longue goulée d'air marin. A l'orée de la baie, le Mont-Saint-Michel cornouaillais resplendissait dans les ors du couchant tandis que les sables humides qui l'entouraient captaient, avec leurs petits miroirs d'eau de mer, les bleus reflets du ciel.

Elle trouva un porteur en estimant qu'il s'agissait ni plus ni moins d'un miracle. Elle le suivait en tenant les enfants par la main quand Nicholas demanda :

— C'est ici qu'on va habiter ?

— Non. On va aller vers Lanyon.

— Comment ?

— Avec la voiture. Je l'ai laissée ici.

— Comment tu sais qu'on te l'a pas volée ?

— Je la vois. Elle nous attend.

Empiler les bagages dans le coffre prit un certain temps. Quand tout fut casé, y compris le carton de l'épicerie, Virginia donna un pourboire au porteur puis alla s'installer au volant, avec Cara à côté d'elle et Nicholas bien calé contre la portière soigneusement verrouillée.

Capote baissée, la voiture démarra. Le vent fit voler les cheveux de Cara sur son visage. Virginia avait mis un foulard.

— Il y a beaucoup de route à faire ? demanda la petite fille.

— Non. On en a pour une demi-heure.

— Comment est la maison ?

— Attends un peu et tu verras.

Au sommet de la colline, Virginia arrêta la voiture et montra aux enfants la superbe baie du Mont, calme, bleue et encore imprégnée de la chaleur du jour. Tout autour, ils voyaient des petits pâturages et des fossés remplis de scabieuses aux fleurs mauves. Plus loin, ils traversèrent une minuscule vallée où passait un torrent et qui abritait des chênes séculaires, un pont, un moulin et un village. Puis la route remontait vers la lande et leur offrait l'horizon océanique que le soleil, à l'ouest, rendait aveuglant.

— Je croyais que la mer était derrière nous, s'étonna Nicholas. C'est une autre mer ?

— Oui.

144

— C'est la nôtre ? Celle où on ira se baigner ?

— Absolument.

— Il y a une plage ?

— Je n'ai pas fait très attention. Mais, sans doute, oui. Au pied des falaises. En tout cas, des falaises, il y en a.

— Je veux une plage. Avec du sable. Je veux que tu m'achètes une pelle et un seau.

— Chaque chose en son temps...

— Je veux une pelle et un seau, demain !

La voiture s'engagea sur la grand-route qui, en direction de l'est, suivait la côte. Ils laissèrent derrière eux la route de Lanyon et de *Penfolda* pour remonter à flanc de colline et trouver les buissons d'aubépine qui marquaient l'entrée du chemin menant à *Bosithick*.

— Nous arrivons, annonça Virginia.

— Mais il n'y a pas de maison !

— Attendez...

La voiture avança en faisant des embardées dans un bruit sinistre de chocs. Impressionnée par les haies de genêts, craignant que le carton de l'épicier ne passât par-dessus le coffre qui avait dû rester ouvert, Cara se retourna et plaqua une main sur les provisions. Après le dernier virage, la petite Triumph fit un dernier bond en montant sur l'accotement herbu et s'arrêta dans un soubresaut. Les enfants découvraient la maison avec des yeux ronds.

Après l'air soyeux et chaud de Penzance, ils sentirent sur leur visage la fraîcheur de la brise qui soufflait sur les falaises. Cassée, la corde à linge remuait dans le vent léger, et l'herbe haute, au bord de la falaise, ressemblait à de la fourrure lissée par une main caressante.

Mais il y avait quelque chose d'étrange... Intriguée, Virginia chercha ce qui clochait jusqu'au moment où Cara s'exclama :

— Regarde, la cheminée fume !

Virginia se sentit mal à l'aise. Un frisson glacé lui parcourut le dos. Elle eut l'impression d'arriver à l'improviste et de surprendre les mystérieux habitants de la maison, des êtres sans nom, insoupçonnés, et peut-être invisibles.

Cara devina l'appréhension de sa mère.

— Il y a quelque chose d'anormal ?

— Mais, non, pas du tout, ma chérie ! répondit Virginia avec une assurance dont elle s'étonna. Allons voir de plus près notre charmante maison.

Ils sortirent de la voiture en y laissant les bagages et les provisions. Virginia ouvrit la barrière et laissa passer les enfants tandis qu'elle cherchait le trousseau de clefs dans son sac.

Nicholas courut découvrir l'arrière de la maison. Cara préféra avancer d'un pas prudent, comme si elle pénétrait dans une propriété privée sans y être invitée. Elle évita un vieux chiffon, un pot de fleurs

146

cassé et, les bras à demi levés, donna l'impression qu'elle s'attendait à entendre une voix lui interdisant de toucher à quoi que ce fût.

Lorsque sa mère ouvrit la porte, elle demanda :

— Tu crois que ce sont des gitans ?

— Quels gitans ?

— Ceux qui ont fait du feu.

— On va voir...

L'odeur d'humidité et de souris avait disparu. On avait visiblement aéré la maison et fait le ménage. Le feu qui pétillait dans la cheminée du salon changeait la température et l'aspect du décor, désormais très accueillant. L'horrible chauffage électrique avait été enlevé. Près du foyer, un grand panier d'osier contenait une bonne provision de bûches sèches.

Il faisait très bon dans la pièce réchauffée à la fois par le feu et les rayons du soleil couchant. Virginia alla ouvrir une fenêtre. Par la porte de la cuisine que l'on avait laissée grande ouverte, elle aperçut sur la table un bol plein d'œufs et un pot à lait en émail blanc. Aussitôt elle se précipita dans la cuisine, regarda autour d'elle et constata que, de l'évier aux rideaux, tout avait été nettoyé.

Cara la rejoignit sur la pointe des pieds.

— Ce sont les fées, dit-elle.

Virginia sourit.

— Non. C'est Alice.

— Tante Lingard ?

— Oui. Elle est vraiment formidable ! Nous irons la remercier demain. Il n'y a pas de téléphone.

— Je préfère ça. Je déteste le téléphone et puis j'ai envie de la voir. Et de voir sa piscine aussi.

— Si tu prends ton maillot, tu pourras y nager.

Cara attarda son regard sur sa mère. Croyant qu'elle rêvait de la piscine, Virginia fut surprise quand sa fille lui demanda :

— Comment elle est entrée ?

— Qui ?

— Tante Alice. C'est toi qui as les clefs.

— Oh, je pense que le notaire lui a confié un double... Bon, maintenant, par quoi commence-t-on ?

Nicholas apparut sur le seuil de la cuisine.

— Je vais visiter la maison. Après je veux le goûter. J'ai faim.

— Emmène Cara avec toi.

— Non, je reste avec toi.

— Pourquoi ? J'aimerais que tu me dises ce que tu penses de cette maison. Tu n'en as peut-être jamais vu d'aussi originale. Pendant ce temps-là, je vais mettre de l'eau à bouillir pour faire cuire des œufs. Ensuite, on déchargera la voiture et on fera les lits.

— Ils ne sont pas prêts ?

148

— Non. Nous devons tout faire nous-mêmes ici. Il n'y a personne pour nous aider.

En fin d'après-midi, ils étaient parvenus à mettre un semblant d'ordre dans la maison. Mais il avait fallu trouver la prise électrique pour le chauffe-eau, l'armoire où étaient rangés les draps, choisir chacun son lit, et tout cela avait fini par prendre beaucoup de temps. Nicholas eut envie de haricots à la tomate sur des toasts pour le dîner, mais il dut se contenter de pain ordinaire, le toasteur étant introuvable et le grill de la cuisinière par trop capricieux...

— Nous avons besoin d'un produit pour la vaisselle, d'une lavette, de thé, de café...

Virginia prit un morceau de papier, un crayon et se mit, fébrilement, à dresser la liste de ce qui manquait.

Cara ajouta :

— Du savon pour la salle de bains et une poudre pour nettoyer la baignoire. Elle n'est vraiment pas propre !

— Et un seau et une pelle, rappela Nicholas.

— Et il nous faudra un réfrigérateur, poursuivit Cara. On n'a rien pour préserver la nourriture. Tout moisira si on n'a pas de réfrigérateur.

— Nous pourrons peut-être en emprunter un.

A peine eut-elle achevé sa phrase qu'elle se souvint de la proposition de Stanley. Oui, l'idée venait de lui ! Elle plissa le front en regardant sa liste puis s'empressa de changer de sujet.

Dès qu'il y eut suffisamment d'eau chaude, ils prirent d'assaut la salle de bains malgré son inconfort. Nicholas et Cara se lavèrent ensemble, puis Virginia leur succéda avant que l'eau ait refroidi. En robe de chambre, près de la cheminée, ils burent du chocolat chaud.

— Y a même pas de télévision.

— Ni une radio.

— Ni une pendule ! lança joyeusement Nicholas.

Virginia sourit, regarda sa montre.

— Il est neuf heures dix, si vous voulez savoir.

— Neuf heures dix ! On devrait être au lit depuis longtemps.

— Aujourd'hui, ça n'a pas d'importance.

— Pas d'importance ? Nounou serait furieuse !

Se rejetant contre le dossier de sa chaise, Virginia étendit ses jambes et remua ses orteils nus devant le feu.

— Je sais, dit-elle.

Quand ils eurent fini leur chocolat, elle les emmena dans leur chambre, les embrassa, leur montra comment allumer la lumière et laissa ouverte la porte du palier. Puis elle emprunta le couloir étroit où deux marches menaient à la salle de la tour.

La pièce était froide, mais elle s'assit tout de même près de la fenêtre et, par-delà les champs paisibles sur lesquels la nuit commençait à tomber, elle contempla la mer, calme et nacrée sous un ciel que le crépuscule dotait de longues écharpes couleur corail. Vers l'ouest, des nuages lointains se teintaient encore de rose et d'or, mais bientôt ces restes de lumière disparurent, laissant derrière eux des nuages noirs et un jeune croissant de lune qui semblait flotter dans le ciel.

Une à une, des lumières commencèrent à scintiller dans la nuit, tout au long de la côte : lumières des fermes, des granges, des cottages. Ici, une fenêtre dessinait un carré jaune. Là, une lampe traversait une cour comme un bouchon sautillant sur des eaux noires. Des phares suivaient le tracé d'un chemin avant de rejoindre la route principale en direction de Lanyon. Virginia se dit qu'il s'agissait peut-être de la voiture de Stanley Philips allant au *Mermaid's Arms*. Elle se demanda s'il viendrait les voir ou s'il attendrait, renfrogné et taciturne, un signe de sa part. Finalement elle se sentit prête à faire le premier pas, ne fût-ce que pour la satisfaction de voir sa tête lorsqu'il découvrirait qu'elle se débrouillait très bien, seule avec ses enfants !

Mais le lendemain tout parut différent. Dans la nuit, le vent s'était levé, et les nuages stagnaient maintenant au-dessus des terres avec leur lot de pluie et de grisaille. Le bruit de l'eau dans les gouttières et de la pluie sur les vitres réveilla Virginia. La chambre était si sombre qu'elle dut allumer avant de pouvoir lire l'heure à sa montre.

Huit heures. Elle se leva et alla fermer la fenêtre qui était restée entrebâillée. Le plancher était humide sous ses pieds. La pluie voilait le paysage et l'on ne voyait pas au-delà de quelques mètres. La sensation d'être sur un navire égaré dans un océan de pluie lui fit souhaiter pour les enfants un sommeil prolongé.

Elle enfila un pantalon, son pull le plus épais, descendit et constata que le feu s'était éteint. Le salon était redevenu froid et humide. Elle chercha du papier et du petit bois mais ne trouva que des allumettes et des bûches et dut se résoudre à passer un imperméable, puis à s'aventurer jusqu'à la remise. Armée d'une hachette rouillée, elle revint fendre une bûche sur le perron de pierre, ramassa le petit bois et retourna dans le salon où elle avait déjà préparé le papier qui avait enveloppé les provisions. Le bois s'enflamma en crépitant, le feu cracha deux nuages de fumée dans la pièce puis le tirage se fit normalement. Virginia ajouta des bûches et, les laissant se consumer lentement, alla dans la cuisine.

Elle préparait le petit déjeuner quand sa fille apparut.

— Maman !

— Bonjour, ma chérie.

Virginia se pencha vers Cara pour l'embrasser. Elle avait mis un short bleu, un tee-shirt jaune et un petit cardigan.

— Tu as assez chaud ?

— Non.

Cara avait soigneusement attaché ses cheveux raides avec une barrette. En revanche, elle avait mis ses lunettes de travers. Virginia les redressa.

— Va te changer, ma chérie. Le petit déjeuner n'est pas encore prêt de toute façon.

— Mais je n'ai rien d'autre dans ma valise. Nounou n'avait mis que ça.

— Comment ? Tu veux dire que tu n'as pas de jean, pas d'imperméable ni de bottes ?

— Elle a sûrement cru qu'il ferait très chaud.

— Sans doute... Mais je la croyais plus prudente...

— On n'a pas de vrais imperméables.

Cara eut l'air tellement désolée que Virginia sourit et la rassura.

— Ne t'inquiète donc pas.

— Comment on va faire ?

— On va aller acheter des vêtements.

— Aujourd'hui ?

— Pourquoi pas ? Avec un temps comme ça, il n'y a rien d'autre à faire.

— On ne va pas voir tante Alice et nager dans sa piscine ?

— Ce sera pour un autre jour. Quand il fera meilleur. Elle ne sera pas fâchée. Elle comprendra très bien, au contraire.

Sous la pluie battante, ils prirent la voiture et partirent pour Penzance. Au sommet de la colline, la brume tourbillonnante, épaisse et grise, laissait de temps à autre apercevoir un bout de la route puis se refermait sur la voiture dont l'extrémité du capot devenait à peine visible.

Dans Penzance, à la pluie s'ajoutaient les embouteillages et les cohortes de vacanciers désarçonnés par le mauvais temps qui les privait de leur grande distraction quotidienne, consistant à s'asseoir sur la promenade ou sur la plage et à observer les allées et venues des uns et des autres. Agglutinés sur les trottoirs, devant l'entrée des magasins, ou autour des comptoirs, ils cherchaient quelque chose à acheter. Ou bien ils se réfugiaient derrière les vitres embuées des cafés et des marchands de glaces, se serraient autour de petites tables et, lentement, sirotaient, léchaient, mâchaient, raclaient les coupes, retardaient le plus longtemps possible le moment où ils devraient ressortir sous la pluie.

Virginia tourna en rond pendant dix minutes avant de trouver une place pour se garer. Puis ils se

frayèrent, au hasard, un chemin dans les rues sur-
peuplées et, finalement, tombèrent sur une bou-
tique où l'on vendait des cirés de marins, des cuis-
sardes de caoutchouc, des lampes, des cordages,
des jeans. Virginia acheta des jeans, de gros pulls
bleu marine, des cirés noirs et des suroîts qui enca-
puchonnaient les enfants comme des éteignoirs.
Les pantalons et les pulls furent mis dans un sac en
papier. Virginia passa à la caisse puis ressortit avec
les deux enfants, marchant avec une allure de
robots dans leur nouveau manteau et à demi aveu-
glés par le bord de leur chapeau.

— Rentrons maintenant, suggéra Cara, sous la
pluie qui tombait à verse.

— Écoute, pendant que nous sommes en ville,
j'aimerais que l'on achète aussi du poisson, de la
viande ou un poulet. Il nous faudrait également
quelques légumes. Il devrait y avoir un supermarché quelque part.

— Je veux un seau et une pelle, lui rappela
Nicholas.

Virginia fit semblant de ne pas entendre. Ils trou-
vèrent le supermarché, se joignirent aux troupeaux
qui faisaient la queue, choisissaient la marchandise,
attendaient pour payer, entassaient des sacs dans
des caddies et allaient transborder leurs achats
dans le coffre de leur voiture.

— Cara, ce n'est pas trop lourd ?

Cara avait insisté pour porter le sac en plastique archiplein et, entraînée par son poids, marchait de guingois.

— Laisse Nicholas t'aider.

— Moi, je veux un seau et une pelle !

A court d'argent, Virginia s'apprêtait à expliquer à son fils qu'il devrait attendre un autre jour lorsqu'il leva vers elle des yeux humides qui lui firent oublier son air vindicatif.

— Je veux une pelle et un seau !

— Bon. Je vais te les acheter. Mais il faut que je trouve d'abord une banque.

— J'en vois une !

Comme par magie, les larmes de Nicholas s'évaporèrent. Il courut avec sa sœur s'affaler sur une banquette de cuir pendant que Virginia faisait la queue au guichet. Tels deux petits vieux, le menton sur la poitrine, ils étendirent leurs jambes au risque de faire trébucher quelqu'un.

— En vacances ? demanda le jeune employé à Virginia.

Elle s'étonna qu'il pût être encore aimable à la fin d'une telle matinée.

— Oui, répondit-elle.

— Le temps va se lever. Demain, il fera beau.

— Espérons-le.

Nicholas eut son seau et sa pelle. Il ne leur restait plus qu'à retourner à la voiture. Mais comme Virginia

156

comme Virginia avait dû la garer en haut d'une rue en pente, Nicholas trouva le chemin long et fatiguant, traîna les pieds, tapa sur son seau avec la pelle, à l'instar d'un joueur de tambour. A plusieurs reprises, Virginia s'arrêta, se retourna et l'exhorta à se presser. Impatiente, elle lui cria :

— Oh, Nicholas, dépêche-toi un peu !

Une passante se retourna. Frappée par l'irritation que trahissait la voix de Virginia, elle eut une expression de profonde désapprobation devant cette mère désagréable et nerveuse. Qu'eût-elle pensé si elle avait su que les vacances des enfants Keile ne faisaient que commencer... ?

Il continuait à pleuvoir. Quand Virginia ouvrit enfin le coffre de la Triumph, ils se débarrassèrent de leurs cirés en même temps que des provisions, s'engouffrèrent dans la voiture, fermèrent les portières et soupirèrent de soulagement, heureux de pouvoir s'asseoir et d'échapper à la pluie.

— Maintenant, dit Nicholas, en recommençant à taper sur son seau, tu sais ce que je veux ?

Virginia jeta un coup d'œil à sa montre. Il était presque une heure.

— Tu as faim ? Tu veux manger quelque chose ?

« Ce que j'aimerais, songea Virginia, ce serait d'aller à *Wheal House* en sachant que Mme Jilkes nous a préparé à déjeuner. On s'installerait dans la salle à manger, à proximité de la cheminée où elle a dû allumer un feu pour chasser l'humidité. Je trouverais aussi un tas de journaux et de magazines, et je pourrais passer le reste de l'après-midi à les lire... »

— Oui, répondait Nicholas. Mais je voudrais aussi autre chose.

— Quoi ?

— Il faut que tu devines. Tu as droit à trois essais.

— Bon... Tu as envie d'aller aux toilettes ?

— Non. Pas encore.

— Tu as soif ?

— Non.

— Je donne ma langue au chat.

— Je veux aller sur la plage cet après-midi et jouer dans le sable avec mon seau et ma pelle.

Les prévisions météorologiques du jeune employé de la banque se révélèrent exactes. A la fin de la journée, le vent tourna et poussa les nuages au-delà de la lande, vers le nord. Les premiers coins de ciel clair que l'on vit apparaître s'élargirent rapidement et, au moment du couchant, se teintèrent de roses et de rouges éclatants.

En allant se coucher, Cara regarda le ciel et se souvint du célèbre dicton :

— Ciel rouge au crépuscule, bonheur du berger au matin.

Ravie, elle s'exclama :

— Demain, il va faire très beau !

Ce fut exact, et Nicholas revint à la charge :

— Aujourd'hui, il faut que j'aille à la plage. Je veux creuser des trous dans le sable.

— Tu en feras. Mais nous devons d'abord rendre visite à tante Alice, sinon elle penserait que nous sommes les gens les plus mal élevés et les plus ingrats du monde.

— Pourquoi ?

— Parce que c'est elle qui a tout préparé pour notre arrivée, et nous ne l'avons pas encore remerciée... Finis ton œuf, Nicholas, il va être froid.

— Je voudrais des cornflakes.

— On en achètera.

Cara attrapa un crayon et, sur la liste des achats à effectuer, ajouta les cornflakes à la paille de fer, au beurre de cacahuètes, au sucre, à la confiture, au petit bois, au produit de lessive et au fromage. C'était bien la première fois que Virginia avait tant d'achats à effectuer !

Elle demanda aux enfants d'aller jouer pendant qu'elle faisait la vaisselle du petit déjeuner et les lits. Elle trouva leur chambre jonchée de vêtements et comprit que sans leur nurse pour tout ranger derrière eux, ils auraient toujours vécu dans le désordre. Elle ramassa les vêtements, enleva la chaussette qui traînait sur la commode mais jugea plus prudent de ne pas toucher le sac en papier qui gisait dans un coin avec deux bonbons poisseux.

Elle trouva également un grand porte-cartes en peau de porc qui appartenait à Cara et que la nurse avait mis dans ses bagages avec une arrière-pensée évidente... D'un côté, il y avait une série de petites photos, prises pour la plupart par Cara elle-même, et disposées avec tendresse. On voyait la façade de leur maison, photographiée de travers ; les chiens ; les employés de la ferme sur le tracteur ; des vues de *Kirkton* ; et deux cartes postales. L'autre côté était occupé par un portrait d'Anthony, réalisé par un photographe professionnel. L'éclairage et l'angle de la prise de vue lui donnaient des cheveux d'un blond platine et la mâchoire carrée d'un homme plein de détermination. Mais Virginia voyait plutôt les yeux plissés, la bouche charnue mais molle. De sa chemise on ne découvrait que le col mais il suffisait à révéler la griffe de *Turnbull et Asher*. La cravate était italienne, en soie et à motifs discrets. Virginia n'avait pas oublié l'importance qu'il accordait aux vêtements, comme à sa voiture, au mobilier et à son standing, alors qu'elle avait toujours estimé de son côté que l'essentiel était ailleurs. L'attitude d'Anthony révélait un caractère qui accordait la priorité aux plus infimes détails, cherchait à donner à son image un cadre suffisamment solide pour qu'elle ne s'écroulât pas.

Les bras chargés de vêtements, Virginia descendit à la cuisine et entreprit une lessive téméraire dans l'évier minuscule. Puis elle alla étendre le linge après avoir noué la corde cassée. Nicholas jouait seul avec son tracteur rouge, quelques galets et des brins d'herbe. Le visage cramoisi, visiblement il mourait de chaud dans son pull bleu marine. Mais Virginia savait que s'il avait lui-même choisi de le mettre, il ne l'enlèverait pas volontiers.

— A quoi joues-tu ? préféra-t-elle lui demander.

— A pas grand-chose.

— Tu fais comme si l'herbe était de la paille, c'est ça ?

— Si on veut.

Virginia suspendit le dernier pantalon.

— Où est Cara ?

— Dans la maison.

— Je suppose qu'elle est en train de lire. Je vais voir.

Cara ne lisait pas. Virginia la trouva dans la tour, assise près d'une fenêtre, le regard fixé sur la mer, au-delà des pâturages. Quand Virginia entra, elle tourna lentement la tête, comme une automate qui répond à un signal.

— Cara...

Derrière ses petites lunettes rondes, son regard s'éclaira. Elle sourit.

— On s'en va ?

— Moi, je suis prête. Je vous attends.

Virginia s'assit près de sa fille.

— Que faisais-tu ? Tu réfléchissais ou tu regardais le panorama ?

— Les deux.

— A quoi pensais-tu ?

— Je me demandais combien de temps on allait rester ici.

— Oh... Environ un mois. En tout cas, j'ai loué pour un mois.

— Mais il faudra qu'on retourne à *Kirkton*, n'est-ce pas ?

— Oui. D'abord, à cause de l'école... Tu n'as pas envie de retourner là-bas ?

— Nounou viendra avec nous ?

— Je ne pense pas.

— Ça va être bizarre, *Kirkton*, sans papa et sans nounou. Ça sera trop grand pour nous trois. J'aime bien cette maison parce que je trouve qu'elle n'est ni trop grande ni trop petite.

— J'avais peur qu'elle ne te plaise pas.

— Je l'aime beaucoup. Et j'adore cette pièce avec l'escalier qui descend au milieu du sol et toutes ces fenêtres et le ciel qu'on voit partout. Mais pourquoi il n'y a pas de meubles ?

— C'était une sorte de bureau, de cabinet de travail, pour un homme qui vivait ici il y a une cinquantaine d'années. Il a écrit des livres qui l'ont rendu très célèbre.

— Comment était-il ?

— Je l'ignore. Mais je l'imagine avec une barbe et très distrait. Capable d'oublier ses chaussettes ou de boutonner sa veste de travers. Les écrivains sont souvent dans la lune.

— Comment s'appelait-il ?

— Aubrey Crane.

— Je trouve qu'il a eu une bonne idée de faire cette pièce. Elle est très jolie et on peut voir tout ce qui se passe autour de nous.

— C'est vrai.

La mère et la fille contemplèrent ensemble le patchwork des pâturages où paissaient des vaches. Après la pluie, l'herbe avait la couleur de l'émeraude. Les mûriers sauvages qui s'agrippaient aux murs de pierre et aux barrières seraient, dans un mois ou deux, alourdis de fruits noirs. Du côté de l'ouest, le bruit d'un tracteur se fit entendre. Virginia pressa son front contre la vitre, découvrit une tache rouge et le bleu de la chemise du conducteur. Un bleu identique à celui du ciel.

— Qui est-ce ?

— Stanley Philips.

— Tu le connais ?

— Oui. C'est le propriétaire de la ferme de *Penfolda*.

— Et ce sont ses champs ?

— Sans doute.

— Tu le connais depuis quand ?

— Depuis longtemps.

— Il sait que tu es ici ?

— J'imagine, oui.

— Il viendra sûrement nous voir.

Virginia sourit.

— Oui, sûrement. Maintenant, va te préparer. Nous allons chez Alice.

— Je prends mon maillot de bain pour nager dans sa piscine ?

— Oui. C'est une bonne idée.

— C'est dommage qu'on n'ait pas de piscine.

— Mais il n'y a pas de place pour une piscine !

— Je pensais à *Kirkton*.

— On pourrait en avoir une, tu sais. Mais on verra ça plus tard. Dépêche-toi. Autrement on arrivera juste à l'heure du déjeuner et ça ne se fait pas.

En arrivant à *Wheal House*, Virginia sonna puis, sans attendre de réaction à ce geste purement formel, ouvrit la porte et pénétra dans le hall avec les enfants sur ses talons. Elle s'étonna alors de n'entendre ni les aboiements du chien ni la voix d'Alice demandant : « Qui est-ce ? » Il n'y eut que le tic-tac de la comtoise, près de la cheminée, pour les accueillir.

— Alice ?

On entendit une porte s'ouvrir et se refermer, puis Mme Jilkes apparut dans le corridor comme un voilier fendant les flots un jour de grand vent, le tablier d'une blancheur immaculée et fortement empesé.

— Qui est-ce ? demanda-t-elle sur le ton de la colère.

Puis elle sourit en découvrant Virginia et les enfants.

— Oh, madame Keile, quelle surprise ! Je me demandais bien qui pouvait entrer comme ça ! Ce sont vos enfants ? Qu'ils sont beaux ! N'est-ce pas que vous êtes beaux, mes petits ?

Elle s'adressait à Cara que cette question inattendue laissa perplexe. L'enfant n'était pas habituée à cette appréciation et aurait volontiers répondu « non » si elle n'avait été retenue par sa timidité. Elle regarda Mme Jilkes sans ouvrir la bouche.

— C'est Cara ? Et Nicholas ! Ah, je vois que vous avez pensé à vos maillots de bain ! On va aller barboter dans la piscine !

En se tournant vers Virginia, Mme Jilkes précisa :

— Mme Lingard est absente.

— Oh, quel dommage !

— En fait, elle est partie juste après vous. M. Lingard avait un dîner important à Londres, et Mme Lingard a décidé de l'accompagner en disant qu'elle n'était pas allée dans la capitale depuis un bon moment. Mais elle sera de retour ce soir.

— Vous voulez dire qu'elle est partie depuis jeudi ?

— Jeudi après-midi.

— Mais alors, je ne comprends pas... Quand nous sommes arrivés à *Bosithick*, il y avait du feu dans la cheminée, des œufs et du lait, tout avait été nettoyé... Je croyais que c'était l'œuvre d'Alice.

Mme Jilkes prit son petit air faussement embarrassé.

— Non, Mme Lingard n'est pas allée à *Bosithick*... Mais je peux vous dire qui s'en est occupé...

— Qui ?

— Stanley Philips.

— Stanley ?

— A vous entendre on dirait qu'il a fait quelque chose de mal.

— Non, bien sûr. Mais je suis tellement étonnée ! Comment savez-vous que c'est lui ?

— Il m'a téléphoné. Enfin, il a demandé Mme Lingard mais elle était déjà partie. Alors il a voulu savoir si quelqu'un préparait *Bosithick* pour votre arrivée avec les enfants, et quand je lui ai dit que je n'en savais rien, il m'a répondu qu'il allait s'en occuper. Voilà ! Il a sûrement bien fait les choses, non ?

— Il a lui-même nettoyé la maison ?

— Non. Il ne sait pas à quoi ressemble un chiffon à poussière. Il a dû envoyer là-bas

166

Mme Thomas. Elle vous transformerait un plancher en patinoire si vous la laissiez faire.

Cara prit la main de sa mère.

— Vous parlez du monsieur qu'on a vu sur son tracteur ?

— Oui.

— Il doit penser qu'on est très mal élevé. On ne l'a même pas remercié.

— Effectivement. Nous irons le voir cet après-midi. Nous lui expliquerons.

Furieux, Nicholas s'écria :

— Tu m'avais dit qu'on irait sur la plage !

Devinant que Nicholas n'était pas un enfant très docile, Mme Jilkes se pencha vers lui et, les mains sur les genoux, approcha son visage du sien.

— Tu devrais mettre ton maillot et profiter de la piscine, lui suggéra-t-elle d'une voix séductrice. Et quand tu auras bien nagé, tu viendras avec ta sœur et ta maman manger un bon hachis Parmentier dans la cuisine avec Mme Jilkes...

— Oh, mais, madame Jilkes...

Interrompue par Virginia, Mme Jilkes secoua la tête.

— Non. Ça ne me dérange pas. Il faut bien que quelqu'un le mange, ce hachis ! Et je commençais à trouver cette maison un peu trop vide... J'avais l'impression, en étant seule, de faire le bruit d'un petit pois dans un tambour. Ça te plairait, ma belle, de déjeuner ici ? ajouta-t-elle en souriant à Cara.

Sa gentillesse mit Cara à l'aise. Elle se décrispa.

— Oui. Merci, dit-elle.

Sous le soleil de cette belle journée dominicale, ils allèrent à *Penfolda* à pied, empruntant tantôt les champs fraîchement moissonnés, tantôt les pâturages à l'herbe drue, grâce aux marches de granit qui permettaient de franchir les fossés. A proximité de la ferme, ils découvrirent les hangars à récolte, l'enclos du bétail, l'étable et la barrière qu'ils ouvrirent et consciencieusement refermèrent derrière eux, avant de traverser la cour précédant le bâtiment principal pour accéder à la cour intérieure. On entendait un bruit de brosse sur de la pierre mouillée. Virginia se dirigea vers l'écurie dont la porte était ouverte et trouva un homme en train de nettoyer les boxes vides. Sur ses cheveux gris et bouclés, il portait un béret d'un bleu marine fané, et avait revêtu une vieille salopette à bretelles.

Il cessa de manier son balai-brosse en voyant Virginia.

— Excusez-moi. Je cherche M. Philips.

— Doit pas être loin. Derrière la maison, je pense.

— J'y vais. Merci.

Elle entraîna les enfants, le long d'un chemin, entre la ferme et le petit jardin en friche où Stanley lui avait fait partager son déjeuner. Devant le seuil de la cuisine, une chatte, qui dormait au soleil, donna envie à Cara de se pencher vers elle pour la caresser. Virginia frappa à la porte, entendit des pas et vit la porte s'ouvrir devant une petite femme ronde, en robe noire, tablier à fleurs, très avenante, et accompagnée d'un agréable parfum culinaire.

— Oui ?

— Je suis Virginia Keile. Je viens de *Bosithick*.

— Oh, je vois !

Un sourire illumina le visage rose et accentua l'arrondi des pommettes.

— Vous devez être madame Thomas.

— C'est exact. Et ce sont vos enfants ?

— Oui. Cara et Nicholas. Nous tenions à vous remercier d'avoir si bien préparé la maison avant notre arrivée. Et pour les œufs, le lait, le feu. Enfin, pour tout.

— Oh, moi, je me suis contentée de faire le ménage. Stanley s'est chargé du reste. Il a apporté les bûches avec le tracteur. Il a pensé au lait et aux œufs. On s'était dit que vous n'aviez pas eu le temps de préparer grand-chose avant de partir pour Londres. C'est toujours déprimant de s'installer dans une maison sale. On a voulu vous éviter ça.

— Nous serions venus vous remercier plus tôt, mais nous étions persuadés que c'était Mme Lingard qui nous avait rendu ce service.

— Vous voulez voir Stanley, je suppose. Il est dans le potager. Je lui ai demandé de me rapporter des pommes de terre.

Mme Thomas regarda Cara et sourit.

— Elle te plaît la chatte ?

— Oui. Elle est très mignonne.

— Si tu viens dans la grange, je te montrerai ses petits.

— Elle ne sera pas fâchée ?

— Non. Allons. Je vais te montrer où ils sont.

Mme Thomas emmena Cara vers la grange. Nicholas les suivit, et ni l'un ni l'autre ne se préoccupèrent de leur mère tant ils se réjouissaient de découvrir les chatons.

Virginia suivit le chemin jusqu'à une arche de fer recouverte de lierre. A travers les rames de petits pois, elle pouvait apercevoir la chemise bleu ciel de Stanley. Elle le trouva occupé à déterrer un plant de pommes de terre. Rondes, ambrées, polies comme des galets, elles apparaissaient d'abord enrobées d'une croûte de terre de la couleur et de la consistance d'un gâteau au chocolat.

— Stanley.

Il regarda par-dessus son épaule, la vit immobile, attendant son sourire. Mais elle fut déçue et se demanda s'il se sentait offensé par cette visite tardive.

— Bonjour ! dit-il en se redressant avec un accent de surprise.

— Je suis venue vous remercier. Et par la même occasion, je vous demande de m'excuser.

— Vous excuser de quoi ?

Il cessa de s'appuyer sur le manche de sa bêche pour changer de main.

— Je ne savais pas que c'était vous qui vous étiez occupé de *Bosithick*. Je croyais que c'était Alice. C'est pour ça que nous ne sommes pas venus plus tôt.

— Oh, c'est à cause de ça...

Elle eut la furtive impression qu'il avait pensé à autre chose et attendu d'autres excuses.

— C'était très gentil de votre part. Le feu, les œufs, le lait. Et la participation de Mme Thomas... Ça a totalement changé l'atmosphère. Mais...

Elle s'interrompit un instant, craignant de paraître hypocrite.

— Comment êtes-vous entré dans la maison ?

Elle le vit planter la bêche dans la terre et s'avancer vers elle.

— Autrefois, ma mère allait de temps en temps aider M. Crane. Elle lui faisait un peu de ménage. Sa femme était malade. Il lui avait donné une clef qui, depuis, reste accrochée dans la cuisine.

Il la regarda et, brusquement, sourit, amusé. Elle comprit qu'elle avait eu tort de croire à un quelconque ressentiment de sa part.

— Ainsi vous vous êtes finalement décidée à louer cette maison.

— Oui, répondit Virginia, sans fanfaronnade.

— J'ai regretté ce que je vous ai dit. Je n'aurais pas dû m'emporter comme je l'ai fait.

— Mais vous aviez raison. Et sans vous je n'aurais pas su prendre de décision.

— Peut-être, mais j'avais besoin de me faire pardonner. J'aurais pu vous parler autrement. C'est pour ça que j'ai préparé deux ou trois choses. Il faudra reprendre du lait.

— On pourrait en avoir tous les jours ?

— Si quelqu'un vient le chercher.

— Je peux venir. Ou je vous enverrai les enfants. Si l'on prend à travers champs, ce n'est pas loin.

Ils s'étaient mis à avancer vers l'arche de lierre.

— Vos enfants sont ici ?

— Mme Thomas les a emmenés voir les chatons.

— Oh, ils vont en tomber amoureux ! La chatte tigrée les a eus avec un Siamois qui passait par là. Ce sont les chats les plus adorables que j'ai jamais vus. Ils ont des yeux bleus et...

Il s'interrompit en apercevant les enfants qui sortaient de la grange, un chaton dans les mains, la tête penchée sur leur trésor.

— Qu'est-ce que je vous avais dit ! remarqua-t-il.

Les enfants traversèrent la pelouse où le plantain et les grandes marguerites arrivaient jusqu'aux genoux de Nicholas. Virginia vit soudain ses enfants avec un regard neuf, celui de Stanley. Elle redécouvrait la tête blonde et la brune, les yeux bleus et les yeux marron. Les lunettes de Cara, en renvoyant le soleil, brillaient comme de minuscules phares. Leurs jeans neufs, trop grands, glissaient sur leurs hanches et les pans de la chemise de Nicholas flottaient sur son petit derrière rond.

Virginia, émue, la gorge serrée, retint ses larmes devant le spectacle de ces êtres innocents, vulnérables et sans défense. Mais pourquoi tenait-elle tant à ce qu'ils fissent bonne impression sur Stanley ?

Dès qu'il la vit, Nicholas lui cria :

— Regarde ce qu'on a, maman ! Mme Thomas a dit qu'on pouvait les sortir de la grange.

— C'est vrai, affirma Cara. Tu vas voir, ils sont minuscules et leurs yeux...

Découvrant Stanley qui se tenait derrière sa mère, elle s'immobilisa et, le visage fermé, l'observa.

Mais Nicholas, qui n'avait pas encore remarqué la présence de Stanley, reprit :

— Regarde, maman, regarde ces jolies boules de fourrure ! Et ils ont des toutes petites griffes. Mais on sait pas si ce sont des garçons ou des filles. Mme Thomas n'a pas pu nous le dire.

Découvrant Stanley, il eut un franc sourire et lui expliqua :

173

— Mme Thomas dit qu'ils ne tètent plus leur mère parce qu'elle devenait trop maigre. Elle leur apporte du lait, dans une soucoupe, et ils le boivent avec leur langue.

Stanley avança un long doigt brun vers la tête du chaton et se mit à la gratter doucement.

Virginia profita du silence de Nicholas.

— Nicholas, c'est M. Philips. Tu pourrais dire bonjour.

— Bonjour.

Et l'enfant enchaîna :

— Mme Thomas a dit que si on en voulait un, on pouvait le prendre. Mais il fallait qu'on te demande, maman. Tu veux bien ? Un tout petit comme ça peut dormir sur mon lit, et je m'en occuperai.

Virginia se trouva contrainte à formuler les arguments classiques des parents confrontés au même problème. « Il est trop petit pour qu'on l'enlève à sa mère. Elle le réchauffe et le rassure beaucoup mieux qu'on ne pourrait le faire. Et puis on ne reste ici que pour les vacances. Tu as pensé au voyage en train jusqu'en Écosse ? Il trouverait ça beaucoup trop long. »

Stanley venait de poser par terre le seau de pommes de terre qu'il avait rempli pour Mme Thomas et s'avançait maintenant vers Cara qui n'en finissait pas de serrer son chaton contre sa poitrine.

174

Lorsqu'elle le vit s'accroupir devant sa fille, Virginia redouta un accès de timidité, un malaise qui bloquerait totalement Cara. Mais il n'en fut rien. Stanley desserra l'étreinte de l'enfant avec douceur.

— Tu ne voudrais pas l'étouffer, n'est-ce pas ?

— J'ai peur de le laisser tomber.

— Ne t'inquiète pas. Tu ne le feras pas tomber. Il faut qu'il puisse regarder autour de lui. C'est la première fois qu'il sort de la grange et voit le soleil.

Stanley sourit au chat, à Cara. Quelques secondes plus tard, la petite lui rendit son sourire, et la merveilleuse douceur de son expression fit oublier les lunettes disgracieuses, le front trop bombé, les cheveux raides.

Les enfants coururent rapporter les chatons dans la grange dès que Stanley le leur demanda. Virginia l'attendit au soleil pendant qu'il apportait les pommes de terre à Mme Thomas. Quand il ressortit il tenait à la main un paquet de cigarettes et une tablette de chocolat. Ils s'assirent dans l'herbe haute comme ils l'avaient fait quelques jours plus tôt, et furent rejoints par les enfants.

Stanley leur offrit le chocolat tout en leur parlant comme à des adultes.

— Qu'avez-vous fait ce matin ? Et hier, alors qu'il pleuvait tant ? Êtes-vous déjà allés nager ?

Ils se disputèrent le plaisir de lui répondre. Virginia put constater que jamais Cara n'avait été si peu intimidée.

— On a acheté des cirés. Mais on était trempé. Maman est allée reprendre de l'argent à la banque. Nicholas a eu son seau et sa pelle.

— Mais je suis pas encore allé sur la plage faire des trous dans le sable.

— Ce matin, on a nagé dans la piscine d'Alice. Mais pas encore dans la mer.

Stanley haussa les sourcils.

— Vous n'avez pas nagé en mer, et vous n'êtes pas allés sur la plage ? Ça ne va pas du tout !

— Maman nous a dit que pour l'instant on n'avait pas le temps.

— Mais elle m'avait promis qu'on irait aujourd'hui ! s'exclama Nicholas qui retrouvait son impatience. Elle m'a dit que je creuserais des trous dans le sable avec ma pelle mais j'ai pas encore vu un seul grain de sable !

Virginia ne résista pas à l'envie de rire devant l'indignation de son fils qui manifesta sa colère de plus belle.

— Oui ! C'est vrai ! Je mens pas ! Et je veux aller sur la plage ! C'est même la seule chose que je veux !

— Dans ce cas, fit Stanley, que faisons-nous ici, assis dans l'herbe, à papoter sans fin ?

Nicholas plissa les yeux.

176

— Ça veut dire qu'on va sur la plage ?

— Pourquoi pas ?

— Maintenant ?

— Tu préférerais faire autre chose ?

— Non ! Non ! Rien d'autre !

Il se leva d'un bond.

— Où on va ? A Porthkerris ?

— Non. Il y a trop de monde. On va aller sur notre plage privée. Celle que personne ne connaît et qui appartient à la fois à *Penfolda* et à *Bosithick*.

Virginia s'étonna :

— Il y a une plage au bas de ces falaises ?

Stanley s'était levé à son tour.

— Venez. Je vais vous montrer. On va prendre la Land Rover.

— Ma pelle et mon seau sont à la maison.

— On les prendra en passant.

— Avec nos maillots, précisa Cara.

— Bien sûr.

Stanley alla chercher ses propres affaires, laissa, au passage, ses instructions à Mme Thomas et ressortit pour conduire ses invités à sa voiture et siffler ses chiens. Les deux colleys déboulèrent en aboyant joyeusement, prêts pour la promenade, la levée des lapins, l'odeur du gibier ou peut-être un bain. Tout le monde s'entassa dans la Land Rover. Confiante et spontanée, Cara poussa des cris de ravissement tandis que la voiture s'élançait sur le chemin cahoteux en direction de la route principale.

— C'est loin ? demanda-t-elle à Stanley.

— Non, pas du tout.

— Comment s'appelle la plage ?

— La crique de Jack Carley. C'est pas un endroit pour les bébés. Il faut être capable de descendre le long de la falaise.

Les enfants lui assurèrent qu'il n'y aurait pas de problème. Virginia lut sur le visage de son fils l'intense satisfaction de voir son plus profond désir se réaliser sans délai, sans s'entendre répondre : « Peut-être... Plus tard... Tu attendras demain... Il faut être patient... » Avec Stanley, il n'y avait pas eu d'atermoiements. Elle se rappela le jour où il lui avait offert la glace dont elle rêvait puis lui avait proposé de revenir à *Penfolda* comme s'il lisait dans ses pensées.

7

Ils laissèrent la Land Rover dans l'ancienne cour de ferme, au-delà de *Bosithick*, et se mirent en marche vers le chemin qui, à flanc de falaise, descendait jusqu'à la plage. Ils purent tout d'abord marcher les uns à côté des autres, Stanley tenant Nicholas par la main afin de lui éviter de prendre du retard. Puis les champs cédèrent la place aux ronces et aux fougères, et il leur fallut avancer en file indienne, derrière Stanley. Ils franchirent des murets à demi écroulés, un ruisseau bordé d'ajoncs plus hauts que Cara, un autre mur. Le chemin se faufilait maintenant sous de hautes fougères auxquelles se mêlaient des buissons de genêt, par endroits prêts à envahir le sentier. Brusquement, la pente s'accentua, et le chemin zigzagua sous la verdure jusqu'au bord même de la falaise où, soudain, le ciel et l'espace leur furent rendus. Au loin, on découvrait le moutonnement de la mer tandis que les mouettes volaient haut, en poussant leurs cris perçants.

A cet endroit, la côte s'élançait vers la mer en formant un promontoire déchiqueté, composé de gros blocs granitiques entre lesquels poussait une herbe tendre, verte, piquée de bruyère mauve et qui semblait dérouler un tapis sur le sentier qui continuait à descendre vers la mer. En suivant ses lacets, ils aperçurent bientôt une petite crique secrète. Profonde et calme, la mer prenait des teintes violettes autour des rochers et s'échouait sur le sable avec la couleur du jade. En bordure de la crique on voyait les restes d'une ancienne jetée, près de laquelle venait cascader une eau douce, descendue de la falaise noire et verte. Il y avait aussi, un peu en hauteur, les vestiges d'un cottage visiblement abandonné depuis longtemps avec ses fenêtres cassées et ses tuiles arrachées.

Le visage au vent, ils regardaient au bas de la falaise. Impressionnée, Virginia redouta que les enfants ne fussent pris de vertige. Mais elle constata que ni l'un ni l'autre ne semblaient perturbés par le vide qui s'ouvrait sous leurs pieds.

— Il y a une maison, remarqua Cara.

— C'est là que vivait Jack Carley.

— Et maintenant, où il vit ?

— Avec les anges, j'imagine.

— Vous le connaissiez ?

— Oui. C'était déjà un vieil homme quand j'étais enfant. Il n'aimait pas que les gens se promènent par ici. Il avait un gros chien qui leur faisait la chasse.

— Mais vous, il vous laissait venir ?

— Oh, moi, oui, il me laissait venir !

Stanley sourit à Nicholas.

— Tu veux que je te porte ou tu préfères descendre seul ?

Nicholas regarda le sentier qui se perdait parmi les rochers sans le moindre effroi.

— Non. Je veux pas qu'on me porte. Merci. Mais ça serait peut-être bien que vous marchiez devant.

En fait, ce furent les chiens qui partirent en tête sur ce sentier de chèvres comme s'il s'agissait de leur piste de prédilection. Plus prudent et plus lent, le petit groupe suivit. Soulagée, Virginia constata que le soleil avait durci le sol après la pluie de la veille et qu'aux passages particulièrement raides quelques marches en ciment ou faites de bois flotté évitaient la glissade.

Elle fut également surprise d'atteindre si vite le rivage. Au-dessus d'eux, la falaise se dressait, noire, projetant une ombre froide. Mais dès qu'ils s'avancèrent sur la plage, elle sentit la caresse du soleil, sa chaleur dans le sable tandis que la petite maison exhalait une odeur de goudron et que seuls le cri des mouettes, le bruit des vagues et de la cascade troublaient le silence.

L'endroit avait quelque chose d'irréel. Le soleil était brûlant, le sable blanc, l'eau cristalline et le vent se taisait. Les enfants se mirent en maillot, Nicholas prit son seau et sa pelle, et ils coururent au bord de l'eau construire un château de sable.

— Si la mer monte, il n'y aura plus rien, observa Cara.

— C'est pas vrai parce qu'on va faire un fossé autour.

— L'eau sera plus haute que le château et tout s'effondrera.

Nicholas réfléchit un instant et conclut :

— Ça arrivera beaucoup plus tard.

Les enfants vivaient une journée mémorable. Virginia songea que dans des dizaines d'années ils y penseraient encore avec nostalgie. Elle imagina leur dialogue en souriant :

— Il y avait une petite crique et un vieux cottage en ruines et personne d'autre que nous. Deux chiens nous accompagnaient sur le sentier qui descendait à pic sur la plage.

— Qui nous y avait emmenés ?

— Stanley Philips.

— Qui était-ce déjà ?

— Je suis comme toi, je ne m'en souviens plus. Ce devait être un des fermiers du coin. Un voisin quelconque.

Et, à propos de certains détails, ils ne parvien-
draient pas à s'entendre...

— Il y avait un torrent.

— Non, une cascade.

— Un torrent, je te dis. Il passait au milieu de la
plage. On a même fait un barrage sur son cours
avec du sable.

— Mais il y avait aussi une cascade. Et j'avais
une pelle toute neuve.

Quand la marée fut haute, ils se jetèrent dans
l'eau claire, salée et froide... Virginia avait oublié
son bonnet. L'ombre de sa silhouette et de ses
longs cheveux noirs dessinait sur le fond de sable et
de galets la forme d'un étrange poisson. Tout en
tenant Cara qui savait à peine nager, elle flottait
entre le ciel et la mer, éblouie par le soleil et ses
reflets sur l'eau. Les mouettes fendaient l'air en
mêlant leurs cris au doux murmure des vagues.

Le froid la saisissant, Virginia confia les enfants à
Stanley, sortit de l'eau et alla s'asseoir sur le sable
sec, nu, en se disant qu'au moins rien ne
l'encombrait. Elle n'avait apporté ni drap de bain
ni trousse de maquillage, pas même un peigne ou
un rouge à lèvres. Aucun marchand de glaces
n'était en vue, elle n'avait pas besoin de chercher
de l'argent pour un Nicholas impatient. L'enfant
ne risquait pas non plus d'être tenté par une promenade à dos d'âne. En revanche, qu'il n'y ait rien

183

pour le goûter — ni cake ni biscuits au chocolat et pas une goutte de sirop — risquait de provoquer un drame.

Bientôt Cara vint la rejoindre en claquant des dents. Elle l'enveloppa dans une serviette et la frotta pour la sécher.

— Je trouve que tu as fait des progrès. Tu sauras bientôt nager, ma chérie.

— Quelle heure est-il ?

Virginia, les yeux plissés, regarda vers le soleil.

— Je pense qu'il n'est pas loin de cinq heures.

— On n'a pas eu de goûter.

— Et il n'y en aura pas...

— Tu n'as rien à boire ?

— Non. Pour une fois, on attendra le dîner.

Cara fit la grimace mais se tut. Nicholas eut évidemment une tout autre réaction. Il se mit à vociférer quand il comprit qu'il n'avait rien à manger.

— Mais, moi j'ai faim !

— Je regrette, Nicholas. Je n'ai rien emporté.

— Avec nounou, on a toujours quelque chose !

— Je n'en doute pas. Écoute, je suis désolée, mais on était pressé et j'ai oublié de prendre des biscuits.

— Alors qu'est-ce que je vais manger ?

Surprenant la fin de la conversation alors qu'il venait se sécher, Stanley demanda :

— Que se passe-t-il ?

— J'ai très faim et maman n'a rien apporté.

— Comme c'est regrettable ! répondit froidement Stanley.

Nicholas lui lança un regard circonspect, tourna le dos et, l'air renfrogné mais muet, s'apprêtait à aller reprendre sa pelle et son seau quand Stanley l'attrapa par le bras et, l'appuyant contre ses genoux, le frotta avec la serviette. L'air soudain absent, il donnait l'impression de caresser machinalement l'un de ses colleys.

— De toute façon, on va bientôt rentrer, observa Virginia d'un ton apaisant.

— Pourquoi ? s'étonna Stanley.

— Il me semblait que vous aviez je ne sais combien de vaches à traire.

— Bert s'en occupe.

— Bert ?

— Je pense que vous avez dû le voir quand il nettoyait les boxes.

— Oh, en effet !

— Il travaillait pour mon père. Il est maintenant à la retraite mais il vient un dimanche sur deux me donner un coup de main. Ça lui plaît. Et puis Mme Thomas lui prépare un bon repas.

Cette conversation qui ne tenait pas compte de ses besoins énervait Nicholas. Il se retourna brusquement entre les mains de Stanley, le regard furibond.

185

— J'ai faim !

— Moi, aussi, fit Cara.

Loin de la véhémence de son frère, elle se contenta de soupirer.

— Écoutez, les enfants...

Imitant Stanley, les enfants tendirent l'oreille. Un bruit nouveau venait de s'ajouter à celui de la mer et des mouettes, un bruit de moteur qui se rapprochait.

— Qu'est-ce que c'est ?

— Attendez...

A la pointe du promontoire apparut quelques secondes plus tard un petit bateau, blanc avec une rayure bleue, qui avançait en faisant écumer la mer. A l'arrière se dressait la silhouette massive du pêcheur qui s'engagea dans la crique en ralentissant son allure. Le ronflement du moteur devint plus sourd et plus régulier.

— Et voilà ! s'exclama Stanley.

On eût dit un illusionniste satisfait de son tour de magie.

Virginia demanda :

— Qui est-ce ?

— Tommy Bassett. Il vient de Porthkerris pour remonter ses casiers à langoustes.

— Il a pas de biscuits !

Nicholas ne se laissait jamais distraire de ses préoccupations.

186

— Non, certainement pas. Mais il a peut-être autre chose. Je vais voir ?

— Oui, répondirent les enfants sans grande conviction.

Stanley lâcha Nicholas, posa la serviette et alla plonger dans les vagues moirées. Son crawl puissant et régulier le mena rapidement vers le bateau qui dansait sur la mer. Le pêcheur avait déjà commencé à remonter les casiers. Il en vida un, le remit à l'eau, puis il vit Stanley, l'observa pendant quelques secondes et lui cria :

— Hé, mon garçon ! Ça va ?

Stanley ne tarda pas à s'agripper au rebord de la barque, resta immobile un instant puis, d'un seul mouvement, se hissa dans l'embarcation.

Cara remarqua :

— Ça fait loin pour nager !

— J'espère qu'il va pas rapporter une langouste, s'inquiéta Nicholas.

— Pourquoi ?

— Les langoustes ont des pinces !

Dans le bateau, les deux hommes discutaient. Mais bientôt Stanley se leva en tenant quelque chose à la main et replongea dans la mer avec son paquet qui l'obligea à nager plus lentement. Quand il reprit pied sur le sable, ils virent qu'il avait rapporté un filet à provisions contenant une douzaine de maquereaux fraîchement pêchés.

Nicholas faillit s'écrier qu'il n'aimait pas le poisson mais le regard de Stanley l'incita à se taire.

— Je pensais bien qu'il aurait quelque chose à nous donner, commenta Stanley. Quand il vient remonter ses casiers il en profite généralement pour pêcher à la traîne.

Il sourit à Cara.

— Tu as déjà mangé du maquereau ?

— Je ne crois pas. Mais il a été gentil de vous donner le filet. Il n'en aura plus besoin ?

Visiblement, elle accordait plus d'importance au filet qu'aux maquereaux. Stanley la rassura :

— Il n'a pas demandé de le lui rapporter.

— On va emmener le poisson à la maison ?

— Non. Pourquoi ? C'est mieux de le faire cuire ici. Viens m'aider.

Il rassembla de grosses pierres rondes et lisses en un cercle, ramassa des débris de bois flotté et de paille, prit des allumettes, un morceau de vieux paquet de cigarettes, alluma un feu et envoya les enfants chercher un peu plus de bois. Bientôt il y eut un vrai feu et suffisamment de braise pour faire cuire les maquereaux. Du poisson dont la peau grillait monta un arôme délicieux.

— Mais on n'a pas de couverts, observa Cara.

— Tu as tes doigts.

— Et on ne va pas se brûler ?

— Mais non.

Accroupis près du feu, tête contre tête, en maillot, des plaques de sable sur les jambes, Cara et son frère ressemblaient à deux petits sauvages et semblaient parfaitement heureux.

Cara observa Stanley qui taillait une baguette.

— Vous avez déjà fait ça ?

— Quoi ? Tailler un morceau de bois ?

— Non, cuire du poisson sur un feu de bois.

— Oh, plusieurs fois ! Il n'y a pas d'autre façon de manger le maquereau qui sort de l'eau !

— Vous faisiez déjà ça quand vous étiez un enfant ?

— Absolument.

— Et le vieux monsieur, Jack Carley, était encore en vie ?

— Oui. Il venait nous rejoindre, il s'asseyait sur le sable avec sa vieille pipe, sa bouteille de rhum, et nous racontait des histoires, tellement impressionnantes qu'on se demandait toujours si elles étaient vraies.

— Quel genre d'histoires ?

— Oh, des récits d'aventures. Les siennes ! Il avait fait le tour du monde et un tas de choses différentes. Il avait été cuisinier sur un tanker, bûcheron, mineur. Il avait construit des routes et des chemins de fer. C'est au Chili qu'il avait travaillé dans une mine d'étain pendant cinq ans, ou peut-être plus. Il avait gagné beaucoup d'argent puis tout dépensé en un an et il avait dû reprendre la route.

— Mais un jour il est revenu.

— Oui. Et il s'est installé ici. C'est la crique de Jack Carley... Je te vois frissonner. Tu as froid?

— Non. Notre nounou dirait que j'ai vu passer un fantôme.

— Mets donc un pull. Ça éloigne les fantômes.

Virginia regardait, écoutait et songeait à ce qui avait été le comportement d'Anthony avec ses enfants. Jamais il ne s'était vraiment intéressé à eux. Il avait raté son rôle de père... La pauvre Cara avec son petit visage mangé par ses lunettes lui faisait tout simplement honte. En admiration devant son père, avide d'attention et d'amour, elle n'avait certainement jamais compris son attitude. Avec Nicholas, Anthony aurait pu changer. Le moment venu, il lui aurait appris à chasser, à jouer au golf, à sortir entre hommes... Aujourd'hui, la mort d'Anthony ne permettait plus aucun espoir de ce genre, et les souvenirs des enfants ne comptaient nulle image de leur père nageant avec eux dans une eau cristalline, préparant un feu pour griller du poisson, taillant des baguettes dans un morceau de bois.

Le soleil, rutilant comme un miroir, commença à s'enfoncer dans la mer. Et, à l'heure du couchant, Jack Carley comme Aubrey Crane, invisibles, silencieux, mêlèrent leur présence aux ombres du crépuscule.

Mais si cette conscience du passé était troublante, elle faisait en même temps partie des choses de la vie et, en ce sens, ne pouvait être effrayante. Il fallait également se dire que cette partie du monde ne convenait ni aux timides ni aux nerveux. La mer y est profonde et traîtresse, parcourue de courants imprévisibles. Les falaises ont des grottes que les marées hautes submergent en un clin d'œil. Même les champs paisibles qu'ils avaient traversés dans l'après-midi recèlent des secrets que l'on préférerait ne jamais découvrir. Il y a sur cette terre sauvage des mines désaffectées, avec leur dédale de galeries souterraines, leurs puits noirs, dissimulés dans la bruyère. On y trouve aussi des morceaux de fourrure, des plumes, de petits os blanchis, autant de témoignages de la présence des renards qui ont creusé leurs terriers sous les buissons de genêt.

Quand la nuit vient, c'est le hibou qui hulule et s'apprête à chasser tandis que le blaireau se creuse des tunnels et s'attaque aux poubelles. Il ne chasse que dans les résidus, mais sans discrétion, et le vacarme qu'il fait réveille la femme du fermier victime de sueurs froides.

— Maman, c'est cuit.

La voix de Cara interrompit les pensées de sa mère. Virginia leva les yeux et la vit brandir sur une baguette un morceau de poisson.

— Prends-le ! Il va tomber. Vite !

Virginia se leva, balaya le sable qui collait à son maillot et se joignit au pique-nique.

Dans les dernières lueurs rouges du couchant et le vent frais qui soufflait avec plus de force, ils remontèrent lentement vers *Bosithick*. Fatigués par la baignade, les enfants restaient silencieux. Nicholas n'était pas très fier de se laisser porter par Stanley mais, menacé par le sommeil, il avait la sagesse de ne pas fanfaronner. D'une main, Virginia portait leurs affaires mouillées ainsi que le filet à provisions prêté par le pêcheur et, de l'autre, aidait Cara à marcher sur le sentier étroit. Au-delà des buissons, des hautes fougères, des périls du chemin escarpé, ils retrouvèrent les champs avec soulagement. Le sel et le sable les piquaient, provoquant une sensation d'inconfort. Ils étaient tout échevelés et leur démarche fatiguée manquait d'assurance, mais derrière eux la mer, encore lumineuse, reflétait la beauté du ciel et, devant eux, la maison les attendait, à l'abri de la colline, tandis qu'au loin, de temps à autre, les phares d'une voiture clignotaient au gré des virages de la route.

Quelques vaches appartenant à Stanley s'étaient écartées de la ferme en empruntant une brèche dans un muret. Leurs silhouettes massives se dessinaient dans la pénombre, et on les entendait ruminer paisiblement. Elles levèrent la tête lorsque passa la petite procession.

Penché en avant, Nicholas demanda à Stanley, au creux de l'oreille :

— Vous revenez à la maison avec nous ?

— Non. Il faut que je rentre moi aussi.

— On aimerait bien que vous dîniez avec nous.

— On a déjà dîné.

— C'était pas le goûter ?

— Ne me dis pas que tu as encore faim.

Nicholas bâilla.

— Non. Peut-être pas.

— Je vous ferai du chocolat, proposa Virginia. Vous pourrez le boire au lit.

— Je veux bien. Mais pourquoi Stanley viendrait pas avec nous pendant qu'on prend notre bain ?

— Oui, renchérit Cara. Comme ça maman pourrait préparer le chocolat tranquillement.

Stanley sourit.

— Si je reste, je vous frotte le dos pour vous enlever le sable !

De petits rires haut perchés fusèrent comme si la proposition de Stanley leur semblait hilarante. Puis ce fut la ruée, dès que Virginia ouvrit la porte de *Bosithick*, vers la salle de bains et les robinets de la baignoire. De grands bruits d'éclaboussures incitèrent Stanley à relever ses manches et à intervenir précipitamment.

— Doucement ! Si vous continuez comme ça, c'est la catastrophe ! s'écria-t-il.

Virginia lui confia les enfants et emmena maillots, serviettes et filet dans la cuisine, rinça le tout dans l'évier, laissa l'eau emporter le sable puis alla étendre son linge mouillé dans le jardin où la nuit devenait de plus en plus profonde. A tâtons, elle se servit de la corde et des pinces à linge en bois et eut l'impression en retournant vers la maison d'abandonner derrière elle quelques fantômes dans le vent.

Quand elle eut mis du lait à bouillir, elle attendit appuyée contre la cuisinière, bâilla, une main devant la bouche, et constata qu'elle avait du sable sur le visage. Elle sortit une glace et un peigne de son sac à main, posa le petit miroir sur une étagère et tenta d'arranger sa coiffure. Mais ses cheveux raides, poisseux et pleins de sable lui firent regretter l'absence d'une douche dans un coin tranquille de la maison. L'idée de se laver sous le robinet la découragea. Elle reporta son attention sur son visage, vit des taches de rousseur sur son nez et, dans l'éclairage peu adapté à ce genre d'examen, cette lumière à laquelle elle tournait le dos, elle se trouva des yeux cernés : deux trous dans un visage qui ne s'était pas préparé à la mer.

Le lait monta. Elle le retira du feu, fit deux tasses de chocolat et, sur un plateau, les porta au premier étage. De la salle de bains vide sortaient des traces de pas humides qu'elle retrouva sur l'escalier.

La porte de la chambre des enfants était ouverte. Assis sur le lit de Cara, Stanley lui tournait le dos. Les deux petits, installés sur l'autre lit, se penchaient vers leur invité pour commenter les photos que Mme Briggs avait glissées dans les bagages de Cara.

— Là, c'est papa. Il est très grand et très beau, n'est-ce pas ?

Bavarde, Cara ne cessait de prouver qu'elle se sentait fort à l'aise avec Stanley.

— Et voilà notre maison en Écosse. Ça c'est ma chambre. Et celle de Nicholas. Et là c'est la nursery, à l'étage au-dessus.

— C'est ma chambre !

— Elle est là ta chambre, gros bêta ! Et là c'est celle de nounou. Et celle de maman. Mais on ne voit pas les autres. Elles sont de l'autre côté. Et là c'est une vue aérienne...

— Un monsieur a pris la photo d'un avion...

— Voilà le parc. Et la rivière. Et là c'est le jardin.

— Ça c'est M. McGregor sur son tracteur. Et là, Bob et Fergie.

Stanley commençait à s'égarer dans cette galerie de personnages.

— Attendez une seconde ! Qui sont Bob et Fergie ?

— Bob aide M. McGregor et Fergie aide le jardinier. Fergie joue de la cornemuse, et vous savez qui lui a appris à jouer ? Son oncle. Et vous savez comment s'appelle son oncle ? Muncle ! annonça triomphalement Nicholas.

— Oncle Muncle... dit Stanley afin de prouver qu'il était tout ouïe.

— Ah, là c'est papa qui skie à Saint-Moritz ! Et là, c'est toute la famille à un pique-nique. Pendant une partie de chasse. Mais nous on n'a pas chassé la perdrix... Et là on voit la rivière où on va quelquefois nager. Mais il faut toujours faire attention. Il y a du courant et on se fait mal aux pieds sur les pierres. Maman a dit qu'on aura bientôt une piscine à *Kirkton*. Une piscine comme celle de tante Alice...

— Et ça c'est la voiture de papa. C'est une grosse Jaguar...

Nicholas s'interrompit puis rectifia courageusement :

— C'était une grosse Jaguar. Et elle était verte.

Virginia choisit cet instant pour intervenir.

— Voici votre chocolat.

— Maman, on montrait à Stanley les photos de *Kirkton* !

— C'est ce que j'avais cru comprendre.

— Ils sont gentils. Ils m'ont fait découvrir l'Écosse, observa Stanley.

Il se leva comme s'il entendait céder la place à

196

Virginia et alla replacer les photos dans leur cadre de cuir, sur la commode, tandis que les enfants se mettaient au lit.

— Il faudra revenir nous voir. Et même rester avec nous. N'est-ce pas, maman ? Il peut dormir dans la chambre où il n'y a personne.

— On verra, répondit Virginia. Stanley est un homme très occupé.

— C'est exact. J'ai toujours quelque chose à faire. Eh bien... je vous souhaite une bonne nuit, les enfants.

— Bonne nuit, aussi, Stanley. Merci de nous avoir emmenés dans la crique. C'est très beau.

— J'espère que tu ne rêveras pas de Jack Carley.

— Ça ne me ferait pas peur de toute façon.

— Alors, c'est bien ! Bonne nuit, Nicholas.

— Bonne nuit. On se verra demain matin.

Virginia se tourna vers Stanley.

— Ne partez pas tout de suite. Je ne vais pas tarder à redescendre.

— Je vous attends en bas.

Entre deux bâillements intempestifs, les enfants burent leur chocolat. Puis ils s'allongèrent et attendirent le baiser de leur mère. Mais Nicholas surprit Virginia. Habituellement très réservé, il glissa ses bras autour de son cou lorsqu'elle l'embrassa et retint sa joue contre la sienne.

— Qu'y a-t-il ? demanda-t-elle doucement.

197

— C'est un endroit agréable, n'est-ce pas ?

— Tu veux parler de la crique ?

— Non. De la maison où vit Stanley.

— *Penfolda* ?

— On retournera là-bas ?

— Sûrement.

— J'aime beaucoup les petits chats.

— Je m'en suis aperçue.

— Stanley est en bas.

— Oui.

— Je vous entendrai parler, parler, parler, parler...

Il semblait que cette perspective lui plût énormément. Mais Virginia voulut s'en assurer :

— Ça ne te dérangera pas ?

— Oh, non !

Pendant qu'ils glissaient doucement dans le sommeil, elle rangea rapidement la chambre, ramassant les vêtements éparpillés dans la pièce pour les poser sur les deux chaises boiteuses, comme l'eût sans doute fait Mme Briggs. Puis elle décida de ne laisser la fenêtre qu'entrebâillée, et non grande ouverte, et de tirer les rideaux sur la fraîcheur de l'air nocturne. Dans la lumière douce de la lampe de chevet, la chambre prit aussitôt un air rassurant et paisible. On n'entendait que le tic-tac du réveil de Cara et la respiration régulière de la petite et de son frère.

Ce fut un moment de grâce : Virginia se sentit le cœur plein d'amour pour ses enfants, pour cette étrange demeure, pour cet homme qui l'attendait au rez-de-chaussée. Et l'amour s'accompagnait d'un sentiment d'achèvement et d'équilibre. Pour la première fois, elle pouvait être seule avec Stanley, à l'abri des regards, sans la complicité d'un marchand de glaces... Elle allait allumer le feu dans la cheminée, tirer les rideaux et lui faire du café. Ils avaient la possibilité de dialoguer toute la nuit s'ils le désiraient. Ils se retrouvaient enfin en tête à tête.

Les enfants dormaient. Elle éteignit la lumière et descendit. L'obscurité la surprit. Pendant quelques secondes d'incrédulité, elle pensa que Stanley avait changé d'avis et était déjà parti. Puis elle l'aperçut, debout près de la fenêtre. Il fumait une cigarette en contemplant l'ultime lueur que la nuit n'avait pas encore engloutie et qui permettait de discerner son visage. Mais quand il se tourna vers elle, l'ombre masqua son expression.

— J'ai cru que vous étiez parti, dit-elle.

— Non. Pas encore...

Gênée par l'obscurité, elle tâtonna pour allumer la lampe sur la table. Un rond de lumière jaune apparut entre eux. Elle parla pour chasser le silence qu'il laissait s'installer.

— Je ne sais pas si vous avez envie de dîner. Vous avez faim ?

— Non, ça va.

— Je peux au moins vous offrir un café...

— Vous n'auriez pas de la bière ?

— Non. Je suis désolée. Je n'en achète jamais. Je n'en bois pas.

Elle ne voulut pas avoir l'air de le juger, de désapprouver son goût pour la bière et elle précisa en souriant :

— C'est simplement une affaire de goût !

— N'en parlons plus.

Elle perdit son sourire, se sentit mal à l'aise.

— Vous ne voulez vraiment pas de café ?

— Non, merci.

Stanley chercha du regard un cendrier. Virginia prit une soucoupe qu'elle posa sur la table. Il y écrasa son mégot comme s'il en était profondément dégoûté.

— Il faut que je parte.

— Mais...

Il la regarda, attendant qu'elle finît sa phrase. Elle perdit son calme.

— Oui, ce fut une journée agréable. Je vous remercie de nous avoir consacré tout un après-midi pour nous faire découvrir cette plage. Je vous remercie pour tout.

Sa voix déraillait vers les aigus comme si elle la forçait, montée sur une estrade, à l'occasion de l'ouverture d'une vente de charité.

— Les enfants étaient ravis, conclut-elle.

— Ce sont des enfants charmants.

— Oui. Je...

— Quand retournerez-vous en Écosse ?

Il avait posé cette question inattendue avec une froideur impressionnante. Virginia frissonna. Elle avait l'impression qu'un filet d'eau glacée lui coulait dans le dos. Elle s'appuya au dossier d'une chaise.

— Je n'ai pas encore fixé de date. Pourquoi me demandez-vous ça ?

— Il faut bien que vous retourniez là-bas.

Ce n'était plus une question mais une affirmation : la conclusion d'une réflexion. Virginia se laissa aller aux pires déductions, guidée par son manque de confiance en elle-même. Stanley souhaitait sans doute la voir partir, pour ne pas dire déguerpir... Mais elle s'appliqua à trouver un ton parfaitement léger dont elle se félicita.

— Bien sûr. Après tout, c'est là-bas que je vis. C'est la maison des enfants.

— J'ignorais qu'il s'agissait d'une propriété de cette importance avant de voir les photos. Mais j'ai aussi compris que l'on vous aidait à la gérer.

— Je ne gère rien du tout.

— C'est une erreur. Vous devriez vous intéresser au travail que nécessite une ferme. Ça vous apprendrait beaucoup de choses. Pourquoi ne chercheriez-vous pas à innover également ? A vous lancer dans l'élevage par exemple ? On arrive à vendre sur le marché de Perth un bon taureau pour soixante, voire soixante-dix mille livres.

Dans quel cauchemar s'inscrivait donc cette conversation que Virginia jugeait plutôt étrange et parfaitement inutile ? La bouche sèche, la voix à peine audible, elle demanda :

— C'est le genre de chose qui vous arrive ?

— Et comment ! Vous savez, si vous vous y mettiez, vous pourriez un jour transmettre à votre fils une entreprise vraiment intéressante.

— Sans doute...

— Bien. Je dois partir maintenant, répéta-t-il en esquissant un sourire. J'ai passé un très bon après-midi.

Mais Virginia pensait à d'autres heures passées en sa compagnie. Elle préférait revoir cet après-midi de printemps, où il lui avait offert une glace et, plus tard, reconduite chez Alice. Il lui avait aussi promis de lui téléphoner, puis il avait oublié ou, peut-être, avait-il changé d'avis. Soudain elle se rendit compte qu'elle avait attendu une explication. Il aurait pu aborder le sujet sous forme d'un récit à faire découvrir aux enfants. Ou bien il aurait pu en parler avec ce genre de nostalgie légère que deux vieux amis aiment parfois partager lorsqu'ils se penchent sur le passé. Mais il n'y avait, à aucun moment, fait allusion, et elle risquait maintenant de ne jamais connaître la vérité.

Elle abandonna le dossier de la chaise, se redressa et, les bras croisés sur la poitrine, comme pour se réchauffer, elle observa :

— J'ai passé, pour ma part, un après-midi inoubliable.

Il contourna la table, s'avança vers elle, mais elle se dirigea vers la porte et l'ouvrit. Sous une voûte céleste de saphirs et de diamants, la nuit exhala un souffle d'une humide douceur tandis qu'un courlis lançait son cri mélancolique.

— Bonne nuit, Virginia.

— Bonne nuit, Stanley.

Déjà il s'éloignait, franchissait le muret, traversait les champs qui le séparaient de l'ancienne cour de ferme où il avait laissé sa voiture. L'ombre l'avait englouti. Virginia referma la porte, la verrouilla, mit les tasses des enfants dans l'évier et les lava lentement tout en écoutant le bruit de la Land Rover qui allait rejoindre la route principale. Puis elle sécha les tasses, remit le torchon en place et, ne trouvant plus rien à faire, monta dans sa chambre, se déshabilla et se coucha. Mais, physiquement rompue, elle s'aperçut que son esprit, en revanche, travaillait comme si elle s'était nourrie de café noir pendant une semaine...

— Il ne t'aime pas, se dit-elle.

— Je n'ai jamais cru qu'il m'aimait.

— Honnêtement, tu commençais à le croire, ce soir...

— Eh bien, je me trompais ! Il m'a clairement fait comprendre que nous n'avions pas d'avenir commun.

— Qu'avais-tu imaginé ? Qu'attendais-tu aujourd'hui ?

— Qu'il me parle au moins de ce qui s'était passé il y a dix ans.

— Il ne s'était rien passé, en fait. Il ne pouvait donc pas avoir de souvenir précis.

— Mais moi, j'en ai ! Je me souviens qu'avec lui j'avais fait la rencontre la plus importante de ma vie.

— C'est toi qui n'as pas de mémoire. Tu as oublié que tu as épousé Anthony Keile.

Ils s'étaient mariés à Londres, en juillet. Elle portait une robe en satin crème, une traîne de deux mètres et un voile qui avait appartenu à la grand-mère de lady Keile. Anthony avait revêtu une redingote gris perle sur un pantalon en drap mille-raies d'une nuance plus soutenue. Quand, à Chester Square, ils sortirent de l'église, le soleil brillait, les cloches carillonnaient et les petites demoiselles d'honneur, délicieusement enrubannées, arrachaient des exclamations admiratives aux passantes

204

qui, intriguées, s'étaient arrêtées sur le trottoir, au moment où les portes de Saint Michael s'étaient ouvertes.

L'excitation provoquee par les préparatifs, le champagne, le plaisir d'être félicitée, embrassée et aimée avaient précipité Virginia dans un tourbillon féerique qui dura jusqu'à ce qu'il fût l'heure de monter au premier étage et de se changer. Sans cesse omniprésente et, d'ailleurs, efficace, sa mère l'aida à enlever la robe de satin moulante, la tiare qu'elle avait empruntée et le voile aérien.

— Tout s'est vraiment très bien passé, ma chérie. Que tu étais belle ! On aurait dit une princesse, et tant pis si j'éprouve un tel orgueil devant la beauté de ma propre fille... Mais tu frissonnes ? Comment peux-tu avoir froid, ma chérie ?

— Je n'ai pas froid.

— Alors enlève tes chaussures, et je vais t'aider à mettre l'autre robe.

Rose, la robe se portait avec une toque faite de pétales de gaze de la même couleur. Elle était ravissante mais ne servirait qu'une seule fois. Il fallait en profiter et la porter encore en revenant à Londres, à la fin de la lune de miel... Virginia se vit de retour avec la même robe et la même toque, comme pour figer cette image rose dans sa mémoire, sans que le temps pût altérer la délicatesse des pétales de gaze. Jamais ils ne se flétriraient. Jamais ils ne s'ourleraient du brun de la putréfaction.

— Ta valise est dans le coffre de la voiture. Quelle bonne idée d'avoir appelé un taxi ! Ça vous évite le tintamarre de la casserole accrochée à l'arrière de la voiture. Enfin, quelque chose de ce genre...

Du couloir leur parvint un bruit de pas précipités et de voix rugissante. Anthony semblait se préparer à la chasse en sonnant le cor.

— Ah ! On dirait qu'il est prêt !

Mme Parsons s'empressa d'embrasser sa fille.

— Amuse-toi bien, ma chérie.

La porte s'ouvrit brusquement. Anthony apparut avec le complet qu'il avait choisi de porter pour le voyage et un chapeau de paille sur la tête. Visiblement, il était ivre.

— Ah, la voilà ! Nous partons pour le sud de la France, mon amour. Il t'aurait aussi fallu un chapeau de paille !

Mme Parsons préféra rire de l'ivresse de son gendre. Indulgente, elle lui enleva son chapeau, lissa ses cheveux, redressa sa cravate. Elle jouait le rôle de la mariée tandis que Virginia observait la scène d'un regard inexpressif. Anthony lui tendit la main.

— Viens. Il est temps de s'éclipser.

Couvert de confettis, le taxi les conduisit à

l'adresse des Parsons où était garée la voiture d'Anthony. Mais au lieu de partir directement pour l'aéroport, ils se firent un café. Virginia passa un tablier sur la robe rose et Anthony, assis sur un coin de la table, attendit d'être servi.

Ils avaient loué pour leur lune de miel une villa à Antibes. Dès le deuxième jour, Anthony retrouva un ami de longue date. A la fin de la première semaine, il connaissait tout le monde. Mais pourquoi s'en étonner ou même s'en irriter ? Virginia se dit que l'instinct grégaire de son mari faisait partie de son charme et donc de ce qui l'avait attirée. Et puis, cette attitude semblait fort opportune étant donné la maigre conversation qu'ils entretenaient lorsqu'ils se retrouvaient seuls. Pendant les repas, l'atmosphère était pesante, leurs échanges laborieux. Virginia se rendit compte que, jusque-là, ils n'avaient eu que rarement l'occasion de rester en tête à tête.

Ils rencontrèrent un couple : Janey et Hugh Rouse. Lui était écrivain et ils avaient loué une maison au Cap-Ferrat. En dépit d'une différence d'âge marquée, Virginia appréciait la compagnie de Janey et lui parlait plus facilement qu'à sa propre mère. Un jour, tandis qu'assises sur la terrasse du Cap-Ferrat elles attendaient leurs maris, Janey demanda :

— Il y a longtemps que vous connaissez Anthony, mon chou ?

A défaut d'avoir un accent, Janey trahissait ses origines américaines par le choix de son vocabulaire.

— Non. Nous nous sommes rencontrés en mai.

— Ah, je vois ! Le coup de foudre !

— Sans doute...

— Quel âge avez-vous ?

— Dix-huit ans.

— Mon Dieu, vous vous êtes mariée bien jeune ! Et Anthony aussi. Il aura du mal à s'y faire.

— Mais il faudra qu'il s'habitue à ses responsabilités. Nous allons nous installer en Écosse où il a hérité d'un domaine qui appartenait à l'un de ses oncles. Un oncle célibataire.

— Vous l'imaginez vraiment en costume de tweed et bottes couvertes de boue à longueur de journée ?

— Pas vraiment. Mais il est certain que sa vie va changer.

— Je n'en doute pas. Toutefois, ne vous attendez pas à une petite vie simple et tranquille. Vous risqueriez d'être déçue.

Mais Virginia ne souhaitait pas autre chose que ce genre de vie ! Elle n'avait vu ni *Kirkton* ni l'Écosse, mais avait une fois passé des vacances de Pâques chez une amie, dans le Northumberland, et pensait retrouver la même atmosphère en Écosse. Quant à la maison, elle l'imaginait en grosses pierres de taille, avec des plafonds bas, des poutres, des tapis turcs, anciens et usés sur des sols dallés, une grande cheminée dans la salle à manger, des tableaux représentant des scènes de chasse, et sans doute une architecture d'ensemble basse et un peu lourde.

Mais elle eut la surprise en arrivant à *Kirkton* de se retrouver devant un manoir néo-gothique, au charme romantique, avec des fenêtres à guillotine, sur lesquelles étincelaient les rayons du soleil, et un bel escalier de pierre qui s'élançait de la cour de gravier vers la porte principale.

Du perron, elle découvrit toute la beauté du parc aux arbres immenses qui descendait jusqu'à la courbe argentée de la rivière.

Impressionnée, elle suivit Anthony sans faire de commentaire. L'intérieur était vide et avait quelque chose d'extrêmement démodé, même en l'absence de mobilier. Elle pensa au travail qui les attendait. Tout était à faire mais, en quelques mots, Anthony balaya ses appréhensions et régla le problème :

— Ne t'inquiète pas. On fera appel à Philip Sayer, le décorateur qui s'est occupé de la maison de Londres. C'est le meilleur moyen de nous éviter des erreurs grossières.

Virginia pensa qu'elle n'aimait pas cette solution. Au goût irréprochable d'un étranger, elle eût préféré un décor imparfait mais plus personnel.

Elle se tut tandis qu'Anthony lui montrait le salon et la bibliothèque, puis la salle à manger, en précisant que les cuisines se trouvaient au sous-sol.

Au-dessus de la longue table, les larmes de cristal du grand lustre reflétaient la lumière sous un plafond richement décoré, comme l'était le haut des fenêtres enchâssées dans un bois précieux. Mais il y avait aussi la poussière et une atmosphère que Virginia trouvait glaciale...

L'escalier tournant qui montait au premier étage fit en dépit de sa grâce aérienne résonner leurs pas dans toute la maison. A l'étage, chaque chambre avait sa salle de bains, son dressing-room et son boudoir. On y avait également aménagé de grands placards pour les ustensiles des femmes de ménage et des lingeries. Virginia s'interrogea sur l'utilité d'un boudoir.

— Qu'est-ce qu'on y fait ? demanda-t-elle.

— On y boude, figure-toi. C'est un mot français. Oh, allez, ne fais pas cette tête ! Au lieu de prendre un air horrifié, aie donc l'air de t'amuser.

— Cette maison est trop grande.

— Ce n'est pourtant pas Buckingham Palace.

— Je n'ai pas l'habitude d'une maison si vaste. Je n'aurais jamais imaginé que j'aurais un jour tant de pièces.

— Il faut t'y faire.

Quand ils ressortirent, debout près de la voiture,

Virginia redécouvrit la façade haute, élégante, dont les fenêtres respectaient un espacement d'une parfaite régularité. Puis, les poings au fond des poches, elle demanda :

— Où est le jardin ?

— De quoi veux-tu parler ?

— Mais de fleurs, de plates-bandes. De tout ce qui fait un jardin.

Selon Anthony, il y avait un jardin mais clos et à sept cents mètres de la maison. Il l'y emmena en voiture. Parmi des rangées de fruits et de légumes aussi raides que des soldats au garde-à-vous, un jardinier s'affairait.

— Voici le jardin.

— Oh !

— Ce qui signifie ?

— Rien. Seulement : « Oh ! »

Le décorateur convoqué par Anthony honora son rendez-vous avec exactitude. Il fut suivi d'une armée d'ouvriers en tout genre, de livreurs de rideaux, de tapis, de meubles qui sortaient d'immenses camions comme de cornes d'abondance, en un flot qui semblait intarissable.

Virginia laissa les choses se faire. Docile, elle donnait son assentiment à toutes les propositions de Philip Sayer. Oui aux couleurs suggérées, oui aux cadres de lits victoriens en cuivre dans les chambres d'amis. Oui aux dessus-de-lit en gros crochet blanc... Et la liste fut longue.

Elle ne chercha à imposer ses goûts qu'une seule fois, au sujet de la cuisine. Elle en voulait une qui ressemblât à celle de *Penfolda* : rassurante, donnant une impression de pérennité des choses, imprégnée d'un parfum de bonne cuisine, avec des chats sur les chaises et des géraniums dans l'embrasure des fenêtres.

— Je veux une cuisine de ferme. Une grande et belle cuisine qui pourra servir de salle à manger.

— Moi, je te dis une chose : je n'ai pas l'intention de prendre mes repas dans la cuisine.

Elle n'avait pas insisté. Après tout, ce n'était ni sa maison ni son argent que l'on dépensait pour des éviers en aluminium, un sol en linoléum, une cuisinière autonettoyante, une broche et un grill qui assureraient eux aussi un minimum d'entretien avant toute autre chose.

A l'annonce de la fin des travaux s'ajouta une autre nouvelle. Virginia était enceinte.

— C'est Mme Briggs qui va être heureuse ! s'exclama lady Keile.

— Pourquoi elle, en particulier ?

— Elle n'attendait que ça : un autre bébé ! Son travail actuel n'était que temporaire. Bien sûr, elle aura peut-être un peu de mal à quitter Londres, mais elle sait se faire des amies. Il faut dire que nos nurses constituent un vrai réseau, plus solide que l'Union des pays anglophones ! Vous avez dû

remarquer que le second étage fera une merveilleuse nursery. Inondée de soleil. J'y verrais bien
une moquette bleu pâle. Et du chintz pour les
rideaux...

Si Virginia souhaita se battre et affirmer haut et
fort qu'elle s'occuperait elle-même de son enfant,
elle fut vaincue par les nausées et la fatigue géné-
rale engendrées par une grossesse difficile. Quand
elle retrouva ses forces, il était trop tard. La nursery
avait été décorée selon les instructions de sa belle-
mère et Mme Briggs avait déjà investi *Kirkton* avec
autorité et rigidité, et se conduisait en personnage
immuable.

« Je la laisse faire jusqu'à la naissance du bébé, se
dit Virginia. Elle peut rester un mois ou deux. Puis
je la renverrai à Londres en lui expliquant que j'ai
bien l'intention d'élever mon enfant et non de
m'en remettre à elle. »

Mais de nouvelles complications vinrent contrarier ses projets. A Londres, sa mère se plaignit de
malaises, de douleurs et commença à maigrir sans
raison apparente. Ce fut le début de navettes inces-
santes entre la capitale et *Kirkton*. Déchirée entre
son devoir de mère et celui de fille unique, Virginia
dut admettre qu'elle ne pourrait se passer de la
nurse tant que sa mère ne serait pas rétablie. Mais
il n'y eut pas de rétablissement... La maladie de
Mme Parsons fut longue, un second enfant eut le

LA MAISON ABANDONNÉE

temps de naître, et la nurse s'était déjà rendue indispensable quand Mme Parsons disparut. Un cauchemar s'achevait. Un autre commençait.

Tout autour de *Kirkton*, les voisins ne manquaient pas. C'était pour la plupart de jeunes couples disposant de revenus confortables et de nombreux loisirs. Certains avaient de jeunes enfants, comme les Keile. Mais l'absence d'enfants pour les autres ne marquait aucune différence. Tous formaient une coterie partageant les goûts d'Anthony.

Afin de sauvegarder les apparences, d'asseoir son rôle de gentleman-farmer, Anthony prenait tout de même le temps d'inspecter le domaine, d'écouter McGregor, son intendant, de lui exposer ce qu'il y avait à faire, et de lui ordonner d'exécuter son travail. Puis il consacrait le reste de ses journées à satisfaire ses désirs. L'Écosse est, pour les hommes, un pays divin. La chasse y est toujours ouverte, grâce aux grouses, en été, aux perdrix et aux faisans, en automne et en hiver. Les rivières enchantent les pêcheurs et les terrains de golf sont superbes. Anthony n'avait guère l'occasion de regretter les gaietés londoniennes.

A la compagnie de Virginia, il préférait celle de ses amis. Elle ne pêchait ni ne jouait au golf et il ne lui demandait de l'accompagner dans ses sorties que si l'invitation reçue concernait spécifiquement le couple. Il s'agissait alors d'un dîner, d'une soirée dansante ou peut-être d'un déjeuner précédant une épreuve d'équitation. Ces jours-là, elle s'affolait, ne savait que mettre et finissait toujours par porter ce qui était à la mode l'année précédente.

Elle restait timide et, ne buvant pas, ne pouvait se servir de l'alcool pour s'enhardir. Les amis d'Anthony la trouvaient ennuyeuse et ne le cachaient pas. Leurs femmes affichaient une attitude amicale, mais cependant la terrifiaient avec leurs plaisanteries très particulières et leurs références incompréhensibles à des endroits, des gens, des événements dont elle ignorait tout. On eût dit un groupe d'étudiantes sortant de la même école et pratiquant un langage secret.

Un soir, à l'issue d'un dîner, elle se querella avec Anthony sur la route du retour. Bien qu'elle ne cherchât pas l'affrontement, la lassitude et la désillusion eurent raison d'elle, face à un homme ivre. Il buvait toujours trop comme si cela faisait partie d'un jeu social qu'on lui aurait imposé. Ce soir-là, l'alcool le rendit particulièrement morose puis agressif.

— Tu t'es amusée ? lui demanda-t-il.

— Pas vraiment.

— Ça se voyait.

— Je suis fatiguée.

— Tu es toujours fatiguée. Et pourtant j'ai l'impression que tu ne fais pas grand-chose.

— Ceci explique peut-être cela.

— Ce qui veut dire ?

— Oh, rien...

— Ne mens pas.

— Très bien. Ça veut dire que je me sens seule et que je m'ennuie.

— Ce n'est pas ma faute.

— Vraiment ? Tu t'absentes sans cesse. Parfois, je ne te vois pas de toute la journée. Tu déjeunes à ton club, à Relkirk. Franchement, je ne fais que t'apercevoir, de temps en temps.

— Je vis comme les autres. Et je n'ai pas entendu dire que les autres femmes broient du noir pendant l'absence de leurs maris.

— Je me suis déjà demandé comment elles s'occupaient, figure-toi. Tu pourrais peut-être me renseigner...

— Eh bien, elles bougent ! Elles se reçoivent entre elles, elles emmènent les enfants au poney club, elles jouent au bridge. Elles jardinent.

— Tu sais bien que je ne joue pas au bridge et que les enfants n'aiment pas monter sur un poney. Je jardinerais, en revanche, avec plaisir, s'il y avait un vrai jardin à *Kirkton* au lieu de cette sorte de prison, de terrain carcéral qui, d'ailleurs, est avant tout un potager et où un jardinier grincheux ne me laisse même pas cueillir trois glaïeuls sans lui demander la permission !

216

— Oh, pour l'amour du ciel...

— J'observe les gens quand je vais à Relkirk, le samedi. J'observe tous ces couples qui font leurs courses quel que soit le temps, avec leurs enfants. Les enfants sucent une glace, les parents entassent les provisions dans leur petite voiture et tout le monde rentre à la maison, satisfait et heureux d'être ensemble.

— Ah, non, c'est impossible ! Tu ne peux pas vouloir vivre comme ça !

— Je veux surtout ne pas être seule.

— La solitude est un état d'esprit. C'est à toi de changer.

— Il ne t'est jamais arrivé de te sentir seul, Anthony ?

— Non.

— Tu ne m'as donc pas épousée pour avoir de la compagnie... Ni pour ma brillante conversation, je suppose.

— Effectivement.

Le ton était froid, le profil figé.

— Alors, pourquoi ?

— Tu es jolie. Gracieuse. Tu as quelque chose d'une biche. Ma mère te trouvait charmante. Et ta mère lui plaisait. Elle estimait que nous ferions les uns et les autres une agréable association...

— Tu m'as épousée parce que ta mère te l'a demandé ?

— Non. Mais il était temps que je me marie. Tu es arrivée au bon moment.

— Je ne comprends pas.

Il y eut un long silence, sans doute dicté par la décence. Il se refusait à lui avouer la vérité et ne le ferait sans doute jamais. Mais Virginia ne pouvait en rester là. Elle fit l'erreur d'insister, l'exaspéra et le poussa à parler.

— Eh bien, c'est à cause de *Kirkton* ! lui lança-t-il. Je ne pouvais m'y installer qu'à condition d'être marié. Oncle Arthur craignait le pire si je venais sans femme. J'ignore ce qu'il me croyait capable d'inventer mais la condition était absolue : je fondais un foyer ou je restais à Londres.

— Voilà donc la raison de notre mariage...

— Ça te blesse ? s'inquiéta-t-il.

— Vraiment, je devrais le prendre mal ?

Il chercha sa main, laissa la voiture faire une courte embardée à l'instant où il serra ses doigts.

— On peut très bien vivre comme ça, dit-il. Il y a pire. Et je crois qu'il valait mieux que je sois franc et que tu te rendes compte de la situation.

— Ça t'arrive de regretter ce mariage ?

— Non. Bien que nous ayons un peu gâché notre jeunesse.

Un samedi après-midi, elle se retrouva absolument seule dans la maison. Anthony jouait au golf, la nurse avait emmené les enfants faire une promenade, et même les McGregor avaient déserté le domaine pour aller à Relkirk. Désœuvrée, Virginia passa d'une pièce à l'autre, comme une étrangère qui visite un musée, avec pour seule compagnie l'écho de ses pas, le tic-tac de l'horloge, dans une atmosphère d'ordre impeccable, tel que le souhaitait Anthony. Il avait fait de cette maison sa création personnelle et ne l'avait épousée que pour avoir les mains libres...

Revenue dans le hall, elle décida de sortir un moment. Peut-être apercevrait-elle la nurse et les enfants ? Ce serait alors un bonheur de courir vers eux, de soulever Cara dans ses bras, de la serrer contre elle, de se prouver que cette petite fille n'était pas le simple fruit de son imagination, le rêve de quelque vieille fille frustrée.

Mais elle ne vit la nurse nulle part et rentra, dépitée de ne savoir où aller, de se sentir tellement isolée.

Parmi ses voisines, il y avait une jolie jeune femme, mariée à un avocat qui travaillait à Édimbourg où il passait la semaine. Liz et son mari possédaient un ancien presbytère, tout près de *Kirkton*. Leurs jeunes enfants y côtoyaient des chiens, un chat, un perroquet, des poneys, et leur jardin, laissé à l'état sauvage, regorgeait de jonquilles à chaque printemps.

Très sociable, ou peut-être frustrée par l'absence

de son mari, Liz avait toujours sa porte ouverte. La maison ne désemplissait pas. Les enfants du voisinage venaient monter les poneys, jouer au ballon sur les pelouses et envahissaient la salle à manger à l'heure du goûter. On eût dit que Liz tenait pendant la journée une pension de famille, où l'on pouvait se gaver de roastbeef, de steak, de pâté en croûte, de merveilleux puddings et de crèmes glacées faites à la maison. Sa réserve de boissons, qui subissait les assauts des hordes attirées par son hospitalité, semblait inépuisable.

— Servez-vous ! criait-elle depuis la cuisine. S'il n'y a plus de glace dans le seau, il y en a encore dans le réfrigérateur !

Et elle s'affairait autour de ses fourneaux parce que dix personnes venaient de s'inviter à dîner.

Qu'elle plût énormément à Anthony n'étonnait guère Virginia. Il flirtait avec elle sans vergogne et manifestait sa jalousie quand, à la fin de la semaine, son mari revenait.

— Vous devriez mettre ce bonhomme à la porte ! lançait-il à Liz en présence de Virginia et du mari encombrant.

Liz éclatait de rire, et tout le monde l'imitait à l'exception de Virginia et du jeune époux qui se contentaient de sourire.

Virginia le regardait. Debout, un verre à la main, apparemment à l'aise, il ne laissait pas deviner ses pensées.

— Vous devriez surveiller votre cher mari, observa l'une des femmes présentes ce jour-là.

Virginia répondit :

— Je ne cesse de le faire depuis le début.

Puis elle s'était tournée vers quelqu'un d'autre.

Un mardi, Anthony l'appela de son club, à Relkirk :

— Écoute, Virginia, je suis embarqué dans une partie de poker et je ne sais pas du tout combien de temps ça va durer. Ne m'attends pas pour dîner. Je mangerai un morceau ici. A plus tard.

— Bien. Mais essaie de ne pas y laisser ta chemise.

— Non. Je crois bien que je vais gagner. Et au lieu d'y laisser ma chemise, je t'achèterai un manteau de vison.

— Ça ne pourrait pas tomber mieux.

Il était plus de minuit lorsqu'elle l'entendit trébucher dans l'escalier puis se déshabiller dans le dressing-room, faire tomber quelque chose, ouvrir et fermer des tiroirs, s'énerver parce qu'un bouton de manchette ou une boutonnière lui résistait.

Quand elle s'aperçut que, sous la porte, le rai de lumière s'était effacé sans qu'il fût venu la rejoindre, elle se demanda ce qui le poussait à dormir dans la pièce contiguë. Avait-il voulu éviter de la réveiller ? Y avait-il une autre raison, une raison qui n'eût aucun rapport avec un geste de considération envers elle ?

LA MAISON ABANDONNÉE

On se chargea de lui apprendre la vérité sans tarder. Les secrets débordent vite des cercles d'amis trop étroits.

-- Ma chère Virginia, ne vous avais-je pas conseillé de surveiller votre mari ?

— Qu'a-t-il donc fait ?

— J'admire votre sang-froid. Mais, enfin, je suppose que vous êtes déjà au courant.

— Au courant de quoi ?

— Ma chère, je veux parler de sa soirée, très intime, avec Liz...

— Oh, bien sûr ! Mardi dernier.

— Vraiment, il a de l'audace ! Ou bien il a cru que personne ne le verrait. Toujours est-il que mardi soir, Midge et Johnny Gray ont eu soudain envie d'aller dîner au *Strathtorrie Arms*. Depuis qu'il y a un nouveau gérant, l'atmosphère est très différente. C'est sombre, chic, romantique et la carte est excellente. Donc, ils sont allés là-bas et sont tombés sur Anthony et Liz qui dînaient en amoureux. Et vous, vous étiez au courant !

— Oui.

— Et vous vous en moquez ?

— Complètement.

C'était la vérité, la triste vérité. Anthony l'ennuyait. Son charme adolescent ne jouait plus depuis longtemps. Elle laissait faire. Il l'avait déjà trompée et elle s'attendait à ce qu'il continuât.

222

Seule la perspective de passer le reste de sa vie avec cet homme-enfant sans intérêt lui pesait. Il manquait tellement de sensibilité qu'à peine embarqué avec insouciance dans une liaison clandestine, il redoublait de légèreté en s'affichant avec sa maîtresse à deux pas de son foyer.

Elle songea au divorce sans se convaincre qu'elle parviendrait un jour à s'y résoudre, et cela beaucoup plus en raison de sa propre personnalité que de la présence des enfants. Elle se connaissait suffisamment pour savoir que prendre l'initiative d'un divorce ne lui ressemblait pas. C'était pour elle aussi irréel que de s'envoler un beau soir vers la lune.

Et puis, à quoi bon clamer ses désillusions, ses échecs, en informer le reste du monde, se poser en victime quand au fond on connaît sa part de responsabilités ? Anthony ne l'aimait pas, ne l'avait jamais aimée. Mais s'il ne l'avait épousée que pour prendre possession de *Kirkton*, elle, de son côté, avait accepté cette union dans un moment de détresse, et ne voyait aucune autre raison profonde. Que n'aurait-elle pas fait pour échapper aux mon-·danités que lui préparait sa mère, au cauchemar d'un bal de débutante, soi-disant feu d'artifice d'une saison londonienne ?

Désormais, elle pouvait se dire qu'à défaut de connaître le bonheur, elle avait une belle maison, un mari séduisant et des enfants qui méritaient de vivre en paix, dans un univers sécurisant, avant d'être livrés à un monde plein d'incertitudes.

La nuit de son accident mortel, Anthony sortait de chez Liz. Il s'était arrêté au presbytère en revenant de Relkirk et Liz l'avait retenu pour dîner. Il avait alors appelé Virginia :

— Liz a invité les Cannon. Elle me demande de me joindre à eux parce qu'après le dîner ils aimeraient faire une partie de bridge. Je rentrerai dès que ce sera terminé. Ne m'attends pas.

Chez Liz, le whisky ne manquait jamais, et Anthony avait pris l'habitude de se servir généreusement. Il prolongea la soirée jusqu'à deux heures du matin. Dans la nuit noire, il pleuvait à torrent, comme depuis plusieurs jours. La rivière était en crue. Quand la police du comté arriva, ce fut pour constater, mesurer, enregistrer la distance sur laquelle Anthony avait vainement freiné avant de défoncer le parapet en bois. Virginia se pencha avec les hommes en uniforme sur les eaux boueuses. Elle suivit le va-et-vient des plongeurs. Un policier ne cessa de l'inciter à rentrer chez elle. Mais en dépit de la pluie battante, elle refusait de partir. Elle estimait qu'elle devait rester jusqu'au bout. C'était une façon de rendre hommage à l'homme qui avait été son mari, qui resterait le père de ses enfants.

Il lui avait dit, en parlant de leur mariage : « Je ne regrette pas. Bien que nous ayons un peu gâché notre jeunesse. »

Il ne croyait pas si bien dire...

8

Dans le silence de la nuit, le tic-tac de la montre posée sur la table de chevet n'en finissait pas de rythmer les secondes, les minutes, les heures. Virginia tendit le bras, prit la montre et s'aperçut qu'il était près de trois heures du matin. Elle se leva, s'enveloppa dans la couette, s'assit sur le plancher, près de la fenêtre ouverte, et se laissa bercer par le murmure de la mer. Dans la nuit calme, on pouvait également entendre le lent déplacement des vaches dans les pâturages et le bruit de leur mastication mêlés aux froissements de feuilles, aux infimes craquements qui s'échappaient des haies comme des terriers et au hululement d'une chouette, tandis que l'aube se rapprochait.

Virginia n'avait pu dormir. Le souvenir de Liz l'obsédait. Liz avait assisté aux obsèques d'Anthony en offrant aux regards une telle expression de chagrin et de culpabilité que l'on avait évité de la regarder. Puis, quelques jours plus tard, son mari l'avait emmenée en vacances dans le sud de la France, et Virginia ne l'avait pas revue.

Mais maintenant elle comprenait qu'elle devait retourner là-bas et s'expliquer avec Liz, la convaincre qu'elle n'avait rien à se reprocher, lui proposer de redevenir des amies. Cette fois-ci, elle laissa son imagination la reconduire calmement jusqu'à *Kirkton*, lui montrer le pont, la rivière, le parc, l'aire de gravier devant la maison, le perron, le hall, l'escalier tournant. La sensation d'emprisonnement, le sentiment de solitude faisaient maintenant place à la tristesse que lui inspiraient l'échec de son mariage, l'incapacité de vivre en harmonie en un lieu exceptionnel, en ce manoir romantique. Quel gâchis ! Les fils de leurs vies ne s'étaient jamais entremêlés. Au contraire, ils s'étaient effilochés comme de l'étoupe.

Elle allait vendre *Kirkton* et, devant cette décision qui s'imposait avec évidence, elle comprenait qu'un travail intérieur s'était fait à son insu. Brusquement elle se trouvait devant un fait accompli... Quel rôle avait joué Stanley ? Elle n'aurait su le dire. Il fallait attendre un peu pour que la réponse s'imposât. Mais, dès à présent, son soulagement était immense et elle éprouvait de la gratitude, comme si quelqu'un était intervenu pour la débarrasser d'un poids énorme qu'elle portait depuis trop longtemps.

Quand elle aurait vendu *Kirkton*, elle achèterait une autre maison, plus petite, quelque part. Où ? Elle verrait. Le choix s'imposerait certainement de lui-même. Elle bâtirait un nouveau foyer, elle aurait de nouveaux amis et un jardin, un chien, un chat, un canari dans une jolie cage. Elle chercherait une école pour les enfants, s'adonnerait à des plaisirs sportifs que jusque-là elle se refusait par manque de confiance en elle-même. Elle ferait du ski par exemple et emmènerait les enfants à la montagne. Elle confectionnerait des cerfs-volants et apprendrait à réparer leurs bicyclettes. Elle laisserait Cara lire tous les livres de son choix, irait assister aux compétitions sportives de Nicholas et aux fêtes de leur école.

Elle se promettait de ne rien négliger, d'entreprendre et de réussir. Stanley ne serait pas à ses côtés, certes, mais, pour un rêve abandonné, mille choses lui étaient offertes. Il y avait tant de volonté, de résolution, de fierté à manifester ! Sans parler de la présence des enfants. Elle sourit en pensant à l'aiguille de la boussole qui indique toujours le nord. Quoi qu'il pût arriver, désormais, elle regarderait dans une seule et même direction.

Le froid s'insinua sous la couette tandis qu'apparaissaient les premières lueurs de l'aube. Elle se releva, absorba un somnifère avec un peu d'eau et se recoucha. Quand elle rouvrit les yeux, le soleil avait envahi la chambre, on tambourinait à la porte et une voix criait :

— Virginia ! C'est moi, Alice ! Que se passe-t-il ? Vous êtes tous morts ?

Éblouie par le soleil, hébétée par ce réveil en fanfare, Virginia se leva en vacillant, puis se précipita vers la fenêtre.

— Alice, je t'en prie, fais moins de bruit ! Les enfants dorment encore.

Étonnée, Alice leva la tête, rencontra le regard de Virginia et cessa de crier pour murmurer :

— Franchement, je vous croyais morts. Il est plus de dix heures. Descends m'ouvrir !

Virginia bâilla, se retourna, chercha sa robe de chambre, enfila des pantoufles et descendit en jetant, au passage, un coup d'œil dans la chambre des enfants. Les cris d'Alice ne les avaient même pas réveillés.

Quand elle ouvrit la porte, Alice entra, accompagnée d'un flot de soleil. En robe de toile bleue, un foulard de soie sur la tête, elle avait, comme d'habitude, un teint éclatant, l'œil clair et une débordante vitalité.

— Tu te lèves toujours à cette heure-ci ?

— Non, répondit Virginia en étouffant un bâillement. Mais je n'ai pas réussi à m'endormir et j'ai fini par prendre un somnifère qui m'a assommée.

— Et les enfants ?

— Ils n'ont rien pris, mais ils dorment encore. Nous avons passé toute la journée dehors hier et nous sommes rentrés tard.

Elle avait visiblement de la peine à ouvrir les yeux.

— Je vais faire du café. Tu en prendras ?

Alice la regarda, amusée.

— Écoute, c'est moi qui m'en occupe. Va donc te passer de l'eau sur la figure et t'habiller. Quand tu es dans cet état tu n'es bonne à rien.

Elle posa son sac sur la table en remarquant :

— Ce n'est pas mal ici, finalement. Ah, et voilà la cuisine ! Un peu exiguë mais pas mal non plus.

Virginia prit une douche, se lava les cheveux puis, enroulée dans une serviette, monta s'habiller. Elle mit une robe en coton qu'elle n'avait pas encore portée, peigna ses cheveux mouillés et, affamée, avec l'impression d'avoir fait peau neuve, elle rejoignit Alice.

Les tasses étaient sur la table et l'eau allait bouillir.

— Ah, je vais pouvoir boire avec toi un vrai café ! Je ne m'habitue pas au jus de chaussette, décidément.

Virginia s'assit.

— Quand es-tu revenue de Londres ?

— Hier soir.

— Ça s'est bien passé ?

— Oui. Mais je ne suis pas venue ici pour parler de Londres.

— Alors qu'est-ce qui t'amène à dix heures du matin ?

— La curiosité. Purement et simplement.

— Et c'est moi qui suscite cette curiosité ?

— Non. Stanley Philips !

— Je ne comprends pas.

— Mme Jilkes m'a tout raconté. J'étais à peine rentrée que je savais déjà qu'il avait téléphoné et s'était proposé de préparer *Bosithick* pour ton arrivée puisque j'étais absente.

— C'est vrai. Et c'est ce qu'il a fait.

— Pourquoi ne m'avais-tu pas dit que tu l'avais revu ?

— Je ne te l'avais pas dit ? Ah, non, en effet !

— Quand vous êtes-vous rencontrés ?

— Le jour où je suis venue ici visiter la maison. Tu te souviens ? Je t'avais dit que je ne serais pas de retour pour le déjeuner. Je suis allée m'acheter des cigarettes au pub de Lanyon et c'est là que je l'ai rencontré.

— Mais tu ne m'as pas raconté tout ça ! Pourquoi ? Y avait-il une raison particulière ?

— Non. Il ne me semble pas... Je crois plutôt que je n'avais pas envie de parler de lui. On s'était disputés.

— Mais tu avais eu l'intention de le revoir ?

— Non. C'est arrivé comme ça.

— Et il se souvenait de toi ? Il ne t'avait pourtant vue qu'une seule fois. Et dix ans avaient passé...

— Je l'avais revu après le barbecue.

— Quand ?

— Une semaine plus tard. A Porthkerris. Par hasard. On s'était promenés ensemble puis il m'a raccompagnée à *Wheal House*. Tu étais absente. Mais nous étions tombés sur ma mère.

— Et je n'ai jamais rien su. Il fallait que ce soit un secret ?

— Non. Mais c'est à cause de maman que je n'ai rien dit. Il ne lui plaisait pas, et je dois avouer qu'il avait totalement manqué d'amabilité envers elle. Et puis la Land Rover sentait le fumier. Il y en avait d'ailleurs sur la carrosserie. Avec de la boue et des brins de paille. Ça n'arrangeait rien... Maman a fait semblant d'en rire, alors qu'elle était furieuse.

— Ça ne t'empêchait pas de m'en parler. Après tout, c'est moi qui te l'avais présenté.

— J'ai essayé de t'en parler à plusieurs reprises pendant le dîner. A chaque fois, maman m'interrompait ou s'empressait d'aborder un sujet nouveau. Et puis il ne faut pas oublier, Alice, que tu étais l'amie de ma mère, pas la mienne. Tu me considérais encore comme une petite fille. Je ne pouvais pas imaginer que tu te rangerais de mon côté.

— S'agissait-il de prendre parti pour l'une ou l'autre ?

— Oui. Maman était tellement snob.

— Mais c'était un snobisme sans conséquence.

— Tu te trompes. Il affectait constamment son jugement. C'était très dangereux.

— Virginia ! N'exagère pas.

— En tout cas, c'est ce qui l'a poussée à rentrer à Londres plus tôt que prévu. Elle avait déjà compris que j'étais amoureuse de Stanley.

La bouilloire siffla. Alice la retira du feu et versa lentement l'eau sur le café dont l'arôme se diffusa dans toute la cuisine.

— Tu étais réellement amoureuse de Stanley, Virginia ?

— Oui. Si tu avais eu dix-sept ans, tu ne l'aurais pas été toi aussi ?

— Pourtant tu as épousé Anthony Keile.

— Oui...

— Tu l'aimais ?

— J'ai accepté de me marier avec lui...

— Étais-tu heureuse ?

— Je me sentais seule.

— Mais j'ai toujours cru... Ta mère me disait... Je pensais que tu étais comblée, lança Alice, de plus en plus décontenancée.

— Je ne l'étais pas. Mais j'avais ma part de responsabilité.

— Lady Keile était au courant ?

— Non.

Elle n'est pas plus au courant des circonstances de la mort de son fils ou de l'existence de Liz, songea Virginia avant d'ajouter :

— Lorsqu'elle venait nous voir, elle ne restait jamais plus d'une semaine. Dans ces conditions, il n'était pas très difficile de feindre une union idyllique. On pouvait au moins faire ça pour elle.

— Et Mme Briggs se taisait ?

— Mme Briggs ne voyait que ce qu'elle voulait bien voir, et à ses yeux Anthony représentait la perfection.

— Ça n'a pas dû être facile.

— Non. Mais comme je te l'ai dit, Anthony n'était pas le seul fautif.

— Et Stanley ?

— Alice, j'avais dix-sept ans. Je n'étais qu'une petite fille qui attendait que quelqu'un lui achète une glace...

— Ce n'est plus le cas.

— Non. Aujourd'hui, j'ai vingt-sept ans et deux enfants. Je n'attends plus qu'on m'offre une glace.

— Tu considères qu'il ne peut rien t'apporter.

— Et c'est réciproque. Il a sa vie. *Penfolda*. Il est très autonome.

— Vous en avez discuté ?

— Oh, Alice...

— A l'évidence, cette discussion n'a pas eu lieu. Alors comment peux-tu être sûre de ce que tu dis ?

— Il y a dix ans, il s'était engagé à me téléphoner. Il m'avait dit qu'il m'inviterait à prendre le thé à *Penfolda* en ajoutant que sa mère serait heureuse de me revoir. Je me préparais à t'emprunter ta voiture pour aller jusque là-bas, et puis il ne m'a jamais appelée. J'aurais probablement cherché à savoir ce qui se passait si ma mère m'en avait laissé le temps.

Alice prit soudain un ton impatient.

— Comment sais-tu qu'il n'a pas cherché à t'appeler ?

— C'est simple : je ne l'ai jamais eu au téléphone.

— Ta mère a peut-être pris l'appel.

— Je l'ai interrogée à ce sujet. Elle m'a répondu qu'il n'y avait eu aucun coup de téléphone pour moi.

— Voyons, Virginia. Tu devais savoir qu'elle était parfaitement capable de te mentir. Surtout si le jeune homme en question lui déplaisait.

Alice énonçait ce qui avait toujours été pour elle une évidence d'une voix sans nuance. Virginia eut du mal à en croire ses oreilles. De telles paroles dans la bouche de la plus fidèle amie de sa mère la stupéfiaient. Mais cette sombre vérité qu'elle n'avait pas eu le courage d'affronter était enfin exposée. Elle se souvint du sourire de sa mère dans le train qui les ramenait à Londres, de son éclat de rire lorsqu'elle avait protesté : « Ma chérie ! Quelle accusation ! Tu ne penses tout de même pas... »

Et Virginia avait voulu la croire.

— J'étais persuadée qu'elle me disait la vérité. Jamais je ne l'aurais crue capable de mentir, avoua-t-elle.

— Disons qu'elle avait des idées bien arrêtées et de grandes ambitions pour toi, sa fille unique.

— Comment pouvais-tu la voir telle qu'elle était et être son amie ?

— On peut aimer les gens sans raison parti-culière. Simplement parce que tu sais que des liens amicaux existent entre toi et eux.

— Mais alors, si elle m'a menti, Stanley a dû penser que je ne voulais pas le revoir. Et il a pu se répéter pendant des années que je l'avais laissé tomber !

— Et la lettre ? Tu n'y as pas répondu ?

— Quelle lettre ?

— Oh, Virginia, réveille-toi ! Tu sais bien qu'une lettre est arrivée la veille de ton départ.

Devant l'effarement de Virginia, Alice précisa :

— Elle est arrivée dans l'après-midi. Je l'ai remarquée sur la table, dans le hall, et je me suis dit que tu serais heureuse d'avoir un peu de courrier, toi qui en recevais si peu. Je suis allée faire je ne sais plus quoi, et quand je suis repassée dans le hall, la lettre avait disparu. Mais j'étais persuadée que tu l'avais trouvée et emmenée pour la lire, puisqu'elle t'était adressée.

Une lettre... Virginia imagina son nom écrit à l'encre noire sur une enveloppe blanche. Elle frémit en pensant à cette missive exposée dans le hall de *Wheal House*, sans surveillance, comme abandonnée. Elle imagina sa mère sortant du salon pour monter au premier étage et regardant, au passage, le courrier de l'après-midi. Ce jour-là, elle devait porter son tailleur framboise et un chemisier de soie blanche. Ses ongles, de la couleur de son ensemble, avaient imprimé leur rose soutenu sur la blancheur du papier tandis que les breloques de son bracelet d'or tintaient comme des clochettes.

L'encre noire, l'écriture masculine l'avaient alertée. Elle avait regardé le cachet de la poste, hésité l'espace d'une seconde puis glissé l'enveloppe dans une poche de sa veste, bien décidée à faire comme si elle n'avait rien vu.

— Alice, je n'ai jamais eu cette lettre entre les mains.

— Pourtant je n'ai pas rêvé.

— Alors, il n'y a qu'une explication : maman l'a trouvée et l'a déchirée. Si tu l'avais surprise à ce moment-là, elle t'aurait dit : « J'agis ainsi pour le bien de Virginia. Oui, pour son bien. »

Le voile des illusions venait de se déchirer. Elle pouvait désormais tourner vers le passé un regard froid, objectif, et se dire que sa mère avait été une femme sournoise dans le but de satisfaire son snobisme et son implacable détermination. Mais, finalement, elle se sentait soulagée, préférant la découverte d'une femme que ses défauts rendaient plus humaine au mythe d'une mère irréprochable qu'elle avait, d'ailleurs, été la seule à accréditer.

Alice semblait regretter d'avoir parlé de cette lettre.

— Tu sais, ce n'était peut-être pas Stanley qui t'écrivait.

— Si, c'était lui.

— Comme peux-tu en être certaine ?

— Tout simplement parce qu'elle avait une dent contre lui et contre personne d'autre. Il n'y avait que sa signature pour l'empêcher de me remettre cette lettre. Autrement, elle se serait excusée en prétendant qu'elle l'avait ouverte par erreur et elle me l'aurait donnée.

— Reste à savoir ce qu'il t'écrivait...

Virginia se leva d'un bond.

— Ça, je vais enfin le découvrir ! Tu peux rester ici en attendant que les enfants se réveillent ? Et leur dire que je reviens tout de suite ?

— Où vas-tu ?

— Voir Stanley, bien sûr, répondit Virginia en sortant.

— Tu n'as même pas bu ton café ! Et que vas-tu lui dire ? Comment vas-tu lui expliquer...

Alice parlait aux murs, à la porte qui se refermait seule. Avec une exclamation exaspérée, elle reposa sa tasse et se précipita dehors. Mais Virginia était déjà trop loin pour qu'elle pût encore tenter de la raisonner.

Comme une enfant, Virginia courait à travers les pâturages en direction de *Penfolda*. Elle n'avait pas voulu perdre de temps en prenant la voiture qui l'aurait obligée à aller manœuvrer dans l'ancienne cour de ferme. Du temps, ils en avaient suffisamment perdu tous les deux. A cette séparation de dix années, elle n'ajouterait, pour rien au monde, une seconde de plus.

Elle courait, jambes nues et fouettées par l'herbe drue, parmi les marguerites neigeuses, tandis que flottaient dans l'air des parfums de miel. La mer était d'un bleu profond, et l'horizon voilé par une brume de chaleur. Elle courait, bondissait sur les marches de pierre qui franchissaient les haies, enjambait les fossés entre les chaumes bordés de coquelicots, pendant que la brise répandait autour d'elle les pétales d'or des genêts, comme une pluie de confettis.

En arrivant au dernier champ, elle vit la ferme et ses granges, le petit jardin entouré du muret qui le protégeait des grands vents. Elle descendit les quelques marches qui précédaient le potager, passa entre les rames de petits pois, franchit l'arche de lierre et découvrit que la porte de la maison était ouverte. La chatte et ses petits dormaient sur le seuil ensoleillé. Elle entra en appelant Stanley et fut surprise par la pénombre qui succédait au grand soleil régnant sur la falaise.

— Qui est-ce ? demanda une voix.

C'était Mme Thomas, penchée sur la balustrade, un plumeau à la main.

— C'est Virginia. Virginia Keile. Je cherche Stanley.

— Il doit être en train de revenir de la traite.

— Oh, merci !

Déjà, elle ressortait pour se diriger vers l'étable, au-delà de la pelouse. Mais Stanley ne tarda pas à apparaître, les manches relevées, en bottes de caoutchouc et tablier, un seau de lait à la main. Elle s'immobilisa tandis qu'il franchissait la porte à claire-voie de l'autre côté du jardin. Il se retourna pour pousser le loquet qui fermait la porte puis, prêt à reprendre sa marche, leva les yeux et la vit.

Elle s'était juré de rester calme, de lui demander sans émotion apparente de lui parler de la lettre. Mais rien ne se passa comme elle l'avait imaginé. L'espace d'un regard, l'essentiel fut dit. Stanley posa son seau et vint à sa rencontre tandis qu'elle dévalait la pelouse. En riant, elle se jeta dans ses bras, pressa son front contre sa chemise.

— Chut ! Ça va aller. Ça va aller, disait-il comme si elle pleurait au lieu de rire.

— Je vous aime ! s'écria-t-elle.

Puis elle laissa ses larmes couler.

— Bien sûr que je vous avais appelée, dit-il. Trois ou quatre fois même. A chaque fois c'était votre mère qui répondait. Je me suis vite senti gêné. Elle m'assurait qu'elle vous transmettrait le message et que vous me rappelleriez. J'ai fini par me dire que vous aviez changé d'avis. Que vous aviez mieux à faire que de venir prendre le thé avec ma vieille mère et moi. Il m'est aussi venu à l'idée que votre mère vous avait déconseillé de venir. Je crois qu'elle ne m'adorait pas. Vous le saviez, n'est-ce pas ?

— Oui. Et j'ai eu des doutes. J'ai failli vous téléphoner. Je me disais en même temps que vous aviez peut-être oublié votre promesse. Je ne savais que faire. Et puis, ma mère a annoncé qu'on rentrait à Londres. Ce fut tellement inattendu, précipité, que j'ai abandonné l'idée de vous joindre. Dans le train, je lui ai posé la question. Je lui ai demandé si vous aviez appelé. Elle m'a dit non, et je l'ai crue. J'ai commis cette erreur. Oh, Stanley, j'ai vraiment été stupide !

Ils étaient entrés dans la maison, en quête d'un mouchoir pour Virginia puis, instinctivement,

241

s'étaient dirigés vers la cuisine pour s'asseoir autour de la grande table rustique. Toute la pièce sentait le pain au safran qui cuisait dans le four pendant que la vieille horloge rythmait le silence.

— Vous n'étiez pas stupide, Virginia. Vous aviez simplement dix-sept ans. Et c'était l'une des choses qui me tracassaient. Il aurait été si facile de vous influencer, de prendre des décisions à votre place avant que vous vous soyez forgé des opinions vraiment personnelles. Je vous expliquais ça dans ma lettre. Je vous disais aussi que si votre silence était dû à la peur, je pouvais le comprendre et que j'étais prêt à attendre un ou deux ans avant de vous revoir.

Stanley eut un sourire un peu amer.

— Je m'y suis repris à plusieurs fois pour écrire ces choses que je n'avais jamais dites à personne et que je n'ai jamais redites depuis.

— Comment avez-vous pu croire que je refusais de répondre à une telle lettre ?

— J'ignorais ce que je devais penser... Et puis, peu de temps après, j'ai vu votre faire-part de mariage dans le journal

— Stanley, si j'avais eu votre lettre, je ne serais pas retournée à Londres.

— Vous n'étiez pas majeure. La décision ne vous appartenait pas.

— J'aurais hurlé. J'aurais fait des scènes terribles. J'aurais eu une dépression nerveuse. Je me serais rendue malade !

— On vous aurait quand même obligée à rentrer à Londres.

Il avait raison et elle le savait.

— Mais, en tout cas, j'aurais su que vous m'attendiez. Je n'aurais jamais épousé Anthony. Je ne serais jamais allée en Écosse. Je n'aurais pas gâché toutes ces années.

Stanley s'étonna :

— Ce ne sont pas des années gâchées. Il y a Cara et Nicholas...

Les yeux brûlants de larmes, elle se contenta de remarquer :

— C'est compliqué. Trop long à expliquer aujourd'hui.

Il l'enlaça, couvrit de baisers ses joues mouillées, repoussa ses cheveux en arrière.

— Rien n'arrive par hasard, dit-il. Derrière chaque chose, il y a le dessein de la providence. Vous vous retournez sur le passé et vous comprenez. Rien ne se produit sans raison et rien n'est impossible. J'ai pu croire aux miracles quand je suis entré au *Mermaid's Arms* et que je vous ai retrouvée là en ayant l'impression que vous n'étiez jamais partie.

— Vous avez peut-être cru aux miracles mais ça ne vous a pas empêché peu de temps après de m'assener quelques vérités avec virulence.

— J'ai voulu me protéger, éviter une nouvelle blessure. J'ignorais encore qui vous étiez devenue. Je craignais que vous vous soyez rangée aux valeurs de votre mère.

— Elles n'ont jamais été les miennes et ne le seront jamais. Je vous l'ai déjà dit, Stanley.

Il prit sa main dans la sienne

— Hier, après le pique-nique, la baignade, ces heures de détente que nous avions tous partagées avec plaisir, j'ai cru que tout était devenu simple. Quand nous sommes remontés de la plage, au sommet de la falaise, j'ai eu l'impression que nous étions revenus à la case départ, vous et moi. J'ai eu envie de vous parler de ce que j'avais ressenti lorsque vous étiez repartie sans m'avertir. Il m'a semblé que nous allions enfin nous expliquer et faire abstraction de ce long silence...

— Mais j'étais dans le même état d'esprit ! Et finalement qu'avez-vous fait ? Vous m'avez conseillé de retourner en Écosse et d'apprendre à gérer une ferme. Je ne veux pas de ça. Je veux seulement être la femme d'un fermier. Je ne sais pas reconnaître un troupeau d'un autre, et c'est très bien comme ça.

Stanley sourit mais avec un air un peu penaud.

— Ce sont bien entendu les photographies de Cara qui m'ont fait changer d'avis. Nous venions d'être très bien, très proches les uns des autres, et

brusquement je me suis souvenu que nous apparte-
nions à des mondes différents. On ne regarde pas
Kirkton comme on regarde *Penfolda*. Il m'a soudain
paru impossible de vous demander d'abandonner
cette propriété pour vivre avec moi. Je n'ai que de
l'amour à vous offrir. Rien d'autre.

— Mais c'est exactement ce dont j'ai besoin !
Kirkton appartenait à Anthony. Il était l'âme de
cette maison. Sans lui, elle est vide. De toute façon,
je ne vais pas m'y accrocher. Je vends *Kirkton*.
C'est décidé. Je n'y retournerai que pour prévenir
les gens, le régisseur et surtout me trouver un
notaire.

— Et les enfants ? Vous avez pensé à eux ?

— Je ne cesse d'y penser. Ils comprendront très
bien.

— C'est leur maison.

— Ils seront heureux de changer pour *Penfolda*,
leur nouveau foyer.

Elle souriait. Stanley posa ses mains sur ses
épaules et se pencha sur ses lèvres entrouvertes.

— Un nouveau foyer, et un nouveau papa,
ajouta-t-elle lorsqu'elle retrouva son souffle.

Mais Stanley écoutait autre chose.

— Quand on parle du loup... dit-il.

Elle entendit à son tour la voix des enfants qui
venaient de traverser le jardin.

— Regarde les chatons ! disait Nicholas. Ils sont
allongés au soleil et ils n'ont pas bu leur lait.

— Laisse-les tranquilles. Ils dorment.

— Celui-là ne dort pas. Il a les yeux ouverts. Regarde ses yeux.

— Je me demande où est maman. Maman ?

— Elle est ici, cria Stanley.

— Maman, tante Alice voudrait savoir si tu as l'intention de retourner à la maison.

Cara apparut, scrutant la pénombre de la cuisine, les lunettes de travers, sa barrette mal fixée.

— Elle nous a fait des œufs au bacon, et puis on a attendu, attendu, et elle a dit que Mme Jilkes devait penser qu'elle avait eu un accident de voiture.

Nicholas apparut à son tour, un chaton accroché à son pull.

— Oui, elle a dit ça. Et on a dormi jusqu'à dix heures et quart, et tante Alice est montée dans la chambre, et elle ne savait pas si elle préparerait le petit déjeuner, et elle a dit qu'on attendrait le déjeuner, mais j'avais très, très faim...

Il s'interrompit en s'apercevant que personne ne lui répondait. Assise à côté de Stanley, sa mère le regardait. Cara semblait voir Virginia pour la première fois. Nicholas ne comprenait pas.

— Y a quelque chose qui va pas ? Pourquoi personne ne parle ?

— On attend que tu te taises, répondit Virginia. Elle se tourna vers Stanley. Mais il se pencha d'abord vers Cara, la prit par le bras et l'incita à se rapprocher de lui afin de redresser ses lunettes. Son geste révéla une tendre application. Puis il sourit.

— Nous avons quelque chose à vous dire, les enfants, annonça-t-il.

imprimerie   gagné ltée

IMPRIMÉ AU CANADA